मैथिलीशरण गुप्त

यर्थाथ मूल्यांकन

प्रभाकर श्रोत्रिय

प्रभाकर प्रकाशन

Hard Cover: 978-93-56821-14-9
ISBN: 978-93-56821-13-2
eISBN: 978-93-56821-15-6

प्रकाशक: प्रभाकर प्रकाशन
प्लॉट नं.-55, मेन मदर डेयरी रोड
पांडव नगर, ईस्ट दिल्ली-110092
फोन: 011-40395855
व्हाट्स ऐप: +91 8368220032
ई-मेल: sales@pharosbooks.in
वेबसाइट: www.prabhakarprakashan.com

प्रथम संस्करण: 2022

मुद्रक: सुषमा बुक बाइंडिंग हाउस ओखला इंडस्ट्रियल
एरिया फेस-II, नई दिल्ली-110020

मैथिलीशरण गुप्त : यथार्थ मूल्यांकन
प्रभाकर श्रोत्रिय

आपसे

अकादमिक क्षेत्र को इस बात का श्रेय दिया जाना चाहिए कि किसी तरह उसने मैथिलीशरण गुप्त को इतने लंबे समय तक थामे रखा, वरना परवर्ती आधुनिक संभवतः उन्हें इतिहास से ही लुप्त कर देते! राजकाजी लोगों को, जिन्हें आज सहसा गुप्त जी इतने ज़रूरी लगने लगे हैं, अगर वे उपलब्ध हैं तो शैक्षिक क्षेत्र की कृपा से ही। लेकिन उनकी 'उपलब्धि' से खतरे भी पैदा हो गये हैं। जिस तरह शिक्षा और शोध ने गुप्त जी को ढर्रे में डाला, आधुनिकों ने अवमूल्यित किया, उसी तरह राज-कृपा से उनका अतिमूल्यन नहीं होगा--यह कैसे हो सकता है? ये तीनों ही प्रवृत्तियाँ यथार्थ-मूल्यांकन की बाधाएँ हैं। किसी कवि को कोई तैयार ढाँचों में बिठाकर या 'आह!', 'वाह!' की शैली में निपटाकर अथवा देश-काल-भाषा के संघर्ष की अनदेखी करके, दोयम दर्जे का ठहराकर भले आत्म-लाभ कर ले, परन्तु नव-चिंतन के आगे ये ऐसे पहाड़ हैं, जिन्हें हटाये बिना रोशनी नहीं मिल सकती। उसे न सिर्फ़ नये सिरे से संपूर्ण परिप्रेक्ष्य में कवि की रचनाओं को जानने की कोशिश करनी होती है, बल्कि गलत-सलत रूढ़ियों और हवाओं से बचकर, आधुनिक पाठक को आश्वस्त कर सकने वाला रचना-बोध भी उपलब्ध कराना होता है।

हम गुप्त जी से एक युगांतर पर स्थित हैं। इसलिए यह ज़रूरी हो उठा है कि उनके संघर्षों, उपलब्धियों और सीमाओं को ठीक से पहचानने की कोशिश करें। गुप्त जी ने अपने समय की जिन विसंगतियों और द्वंद्वों का सामना किया, परंपरा के के आलोड़न, संस्कार और प्रतिश्रुति से उनकी आधुनिक चेतना जिस तरह उलझती रही, भाषा को पाने, गढ़ने और देने की जिन समस्याओं का सामना करते हुए उन्होंने हमें साफ-सुथरी जमीन दी--उसे अचर्चित या अपचर्चित करके हमने निश्चय ही बेइंसाफ़ी की है--कवि के प्रति उतनी नहीं, जितनी अपने समय, साहित्य और सामज के प्रति। यह दुबारा बेइंसाफ़ी होगी, अगर हम उन्हें ऐसी चोटी पर बिठा दें, जहाँ बैठने में खुद कवि को असुविधा महसूस हो।

किसी कवि की अंतर्बाधा, अंतर्द्वंद्व और आत्मतोष हमारा ही तो है! ये कहाँ से पैदा होते हैं, युगांतरण और युगावतरण कैसे होता है—अर्थात् उसकी आवश्यकता और प्रक्रिया क्या है, परंपरा का मूल्य और सीमाएँ कौन, कैसे निर्धारित करता है, अभिव्यक्ति की लड़ाई क्या होती है—जैसे कितने ही सवाल गुप्त जी को पढ़ते हुए मन में उठते हैं, और सवालों का उठना साहित्य के जिंदा रहने का भी प्रमाण है। मुझे यह नहीं कहना है कि अब से पहले गुप्त जी को लेकर ऐसे सवाल नहीं उठे हैं, मुझे कहना यह है कि इन पर ज्यादा गहरी, मौलिक और नयी बहस उठाने के लिए गुप्त जी की रचना-भूमि एक सही और सार्थक जगह है। मैं यह नहीं मानता कि अतीत या अन्य संलग्नताओं से खुद को काटकर खूबसूरत आत्म-निर्वासन में गर्क कर देना आधुनिकता है। इसलिए गुप्त जी जैसे आधुनिक परंपरावादी से कोई रिश्ता न रखने की मेरी प्रतिज्ञा नहीं है।

गुप्त जी समष्टि-संस्कृति के प्रतिनिधि कवि थे। तत्कालीन लोगों ने इतनी बड़ी संख्या में उन्हें प्यार और सम्मान दिया तो इसलिए कि अपनी सोच और संवेदना में वे अकेले नहीं थे। वे जिस तरह की कविता लिखते थे, वह लोगों के लिए प्रियता की कसौटी थी। सवाल लोगों की काव्य-संबंधी पकड़ या मर्मज्ञता का नहीं है, कवि द्वारा समकालीन लोक-मन, लोकाकांक्षा और संकल्प की पकड़ का है। लोग ऐसा दर्पण चाहते थे जिसमें उनके चेहरे की शिकन ही नहीं, आत्मा का ताप भी स्पष्ट प्रतिबिंबित हो, और गुप्त जी ने वह दिया। इसी से, जो उनकी कविता में नहीं था या कम था, उसे जनता ने आत्म-रस और आत्म-ताप से हासिल कर लिया था, जिसका श्रेय भी उनकी कविता को मिला!

गुप्त जी और उनके युग को इतिवृत्तात्मक कहा गया। इस कथन में पारंपरिक 'इतिवृत्त कविता' अर्थात् 'अवर कविता' की ध्वनि भी थी। मुझे लगा कि इसका प्रतिवाद ज़रूरी है। इतिहास की त्रुटि से 'नवशास्त्रवादी युग' को 'इतिवृत्तात्मक युग' मान लेने से, क्या प्रकारांतर से यह नहीं मान लिया गया कि हम बिना नींव के मकान में रह रहे हैं? गुप्त जी इसी अनिवार्य युग के अन्यतम कवि थे। केवल यही सोच गुप्त जी का अर्थ बदल देता है।

अतीत को खोजने, पाने और गुप्त जी की संस्कारमयी आत्मा की भूमिका प्रमुख रही है, जिसकी अपनी सीमा और आग्रह हैं। संभवत: अतीत में लोग अपना चेहरा देखते हैं, उस व्यतीत को नहीं, जिसमें बहुत कुछ देखा जा सकता है। गुप्त जी नहीं चाहते थे कि जनता को किसी वीभत्स का साक्षात्कार करायें। शायद वे लोगों से ऐसा मोह-भरा प्यार करते थे जैसे कोई अपने बच्चों से करता है और नहीं

चाहता कि वे कुछ ऐसा वर्जनीय देखें, जिसका उनके संस्कारों पर बुरा असर हो। वे अतीत से श्रेष्ठ चुनने और निकृष्ट छोड़ने की सलाह देते हुए भी प्रतिमान के रूप में उत्कृष्ट को ही मूर्त्त करते रहे और उसके प्रति पक्षपाती भी बने रहे। क्योंकि नवादर्श की प्रतिष्ठा में वे विकल्पों को जगह नहीं देना चाहते थे। ऐसी हालत में कुछ ऐसा होना ही था जो तर्कों को आश्वस्त नहीं करता।

गुप्त जी के मन में स्त्री के प्रति अपार करुणा और संवेदना थी। उनके लिए यह आधुनिकता की फैशन-परेड में शामिल होना भर नहीं था। मगर इस मामले में उनके सोच और माध्यम की मजबूरियाँ और सीमाएँ भी थीं। लगभग एक जैसे उदाहरणों और विचारों से उनका नारी-संबंधी आलोचनात्मक काव्य-चिंतन ग्रस्त हो गया है। भीतर उतरकर उनके अंतर्विरोधों और संघर्षों को देखने की कोशिश न होने से, वाहवाही से भरी ये आलोचनाएँ भी अकृतार्थ हो गयी हैं। गुप्त जी नारी का व्यक्तित्व जिस रूप में रचना चाहते थे, वह वास्तव में वहाँ उतना नहीं है जहाँ आमतौर पर खोजा या देखा जाता है, बल्कि वहाँ है जहाँ प्रायः लोगों की निगाह नहीं पड़ती।

समकालीन राष्ट्र-चेतना और राष्ट्रीय आकांक्षा के तो वे कवि हैं ही। एक उदार वैष्णव चरित्र उनकी चाह रही है। वे पूरे देश और समाज को एक ही रस और जीवनधारा में प्रवाहित देखना चाहते थे। लेकिन 'चाहना' हमेशा 'रचना' नहीं होता। इतिहास और माध्यम, स्वयं कवि के संस्कार और अंतर्बाधाएँ, रचना में वह सब ढलने नहीं देते जो सचेत रूप से सोचा हुआ होता है। क्योंकि रचना व्यक्तित्व का संपूर्ण 'सत्य' है, उससे कुछ भी नहीं छिपता। इसे खोजना भी आलोचना-कर्म का अनिवार्य भाग है, क्योंकि कवि की प्रातिभ शक्तियाँ बहुत कुछ छिपा लेने की सामर्थ्य रखती हैं। जीवन के अनुद्घाटित को उद्घाटित करना एक ओर यदि रचना का कर्म है तो रचना की गुह्यताओं को खोलना आलोचना का। यह खोलना कोई निष्करूण-कर्म नहीं है, खुद अपने को, अपने समाज को खोलना है। बिना एक्स-रे किये भीतर की खामियाँ कहाँ पता लगती हैं और खामी पता न चले तो निदान और उपचार कैसे हो? इतना ही नहीं, इस खोज में ही रत्न भी मिलते हैं क्योंकि वे भी तो अतल में ही छिपे होते हैं।

गुप्त जी में काव्यत्व की खोज एक अलग समस्या है। इस पुस्तक में यद्यपि मैंने विचार और संवेदना; उनके भीतर घटित, अघटित या विघटित और संयोजित तत्त्वों को देखने की कोशिश की है, लेकिन बिना कविता के विचारों या संवेदनों का रचनाकार या रचना के संदर्भ में कोई अर्थ नहीं है। क्योंकि विचार या संवेदनात्मक सोच तो हमें अन्य शास्त्रों में अधिक सघन रूप (Condenced form) में मिल

सकते हैं–अधिक ब्योरेंवार, अधिक सूक्ष्म और व्यवस्थित। उनके लिए कविता पढ़ने की ज़रूरत नहीं होती। इसलिए किसी भी 'रचना' में रचनाविहीन विषय-सामग्री अग्राह्य है। क्योंकि सिर्फ़ विचारों से या किसी चीज़ को छंदात्मक रूप में रख देने से अथवा रचना कहकर प्रस्तुत कर देने-भर से कोई कविता या रचना नहीं हो जाती। इसलिए स्वतंत्र रूप से काव्यत्व की चर्चा न करते हुए भी मैंने प्रायः हर प्रकरण और कृति के साथ काव्य-पक्ष पर भी आनुषंगिक बहस की है–ताकि यह संकेत दिया जा सके कि चर्चा कवि और काव्य-कृति की, की जा रही है, किसी विचारक या शास्त्र-ग्रंथ की नहीं। अब, यहाँ एक सवाल और पैदा होता है कि अगर किसी युगांतर में हमें किसी कवि में कविता न मिलती हो या कम मिलती हो, तो क्या वास्तव में वहाँ कविता नहीं होती? कबीर या गुप्त में यदि हमें कविता की प्रतीति न हो तो क्या वास्तव में वहाँ कविता नहीं है? काव्यत्व के कुछ शाश्वत तत्त्व या प्रतिमान अवश्य होते हैं, परंतु उसके कुछ गतिशील तत्त्व भी होते हैं जिन्हें हम समकालीन जन-रुचि, ग्रहण-माध्यमों और कविता तथा लोक की सम-हृदय उपस्थिति आदि से पहचान सकते हैं। मसलन अगर हमें छंद न भाते हों तो क्या वे कभी कविता का अनिवार्य सौंदर्य नहीं रहे? भाषा के प्रारंभिक स्वरूप में संप्रेष्य-जन और संप्रेषित कविता के बीच एक अलिखित समझौता होता है। हमें आज जो कुछ अभिधात्मक, स्थूल और सपाट दिखायी देता है, वह किसी युग में व्यंजना भी हो सकती है, जैसे कि कई बार पुरानी काव्यात्मक या प्रतीकात्मक भाषा हम तक आते-आते अभिधात्मक बन जाती है। तो, जन-संचार में भाषा और अभिव्यक्ति-माध्यम और अर्थव्यंजना के स्वरूप बदल जाते हैं। इसके अलावा यह भी सच है कि आज हमें जो साधारण दिखायी देता है वह रचना के समकालीन दौर में संदर्भ और आवश्यकताओं की वजह से अत्यंत प्रेरक माना गया हो। इसलिए काव्यत्व पर विचार करते हुए हमें स्वयं अपना युगांतरण और पर-युग-प्रवेश की प्रक्रिया अपनानी होती है। उसके बिना उसका सही संदर्भ में मूल्यांकन नहीं हो सकता। वैसे कविता के प्रतिमानों और अवधारणाओं के आधार पर यहाँ एक कृति का मूल्यांकन किया गया है और इसी बहाने कवि की क्षमता का आभास देने की कोशिश भी की गयी है। इस संदर्भ में कवि के भाषिक संघर्ष और उपलब्धियों की चर्चा करना भी आवश्यक था। यहाँ मैं सिर्फ़ आयामों का संकेत दे रहा हूँ–उन प्रतिपादनों का रहस्य नहीं खोल रहा हूँ जो इस पुस्तक में यथास्थान उद्‌घाटित किये गये हैं। क्योंकि उक्त सवालों पर उनसे अधिक संक्षेप में, कुछ कह पाना, मेरे लिए संभव नहीं है।

आपके हाथ में पुस्तक देते हुए मुझे संतोष है। यह तब और भी बढ़ सकता है जब आप महसूस करें कि इसमें गुप्त जी, उनके युग और साहित्य के बारे में कुछ ऐसा भी या ऐसे भी कहा गया है, जो ढेर सारी पुस्तकों के बीच एक नयी पुस्तक के उद्‌भव का औचित्य सिद्ध करता हो।

आपका

–प्रभाकर श्रोत्रिय

क्रम

नवशास्त्रवाद और मैथिलीशरण गुप्त

यह भ्रांत धारणा है कि मैथिलीशरण गुप्त और उनका युग 'इतिवृत्तात्मक' है। वास्तव में यह नव शास्त्रीय अथवा नव आभिजात्यवादी युग है और गुप्त जी उसके अन्यतम कवि हैं।

इतिवृत्तात्मकता शास्त्रीयता का एक लक्षण मात्र है। इसे युग का पर्याय मान लेने से खड़ी बोली हिन्दी काव्य के सुसंगत और स्वस्थ विकास की अनिवार्य सरणि उपेक्षित हो गयी है। युग-कवि की प्रकृति को न समझने के कारण, उस पर दोयम दर्जे के होने जैसे ढेरों अवैज्ञानिक और मनमाने आरोप लगाकर हमने उसके आधारभूत और व्यापक अवदान का सही मूल्यांकन न करके अपने को ही सही परिप्रेक्ष्य से वंचित कर लिया है। गुप्त जी के गुणों पर मुग्ध होने वाली आलोचनाओं का भी, क्योंकि दृष्टि-केन्द्र वही है, इसलिए वे भी भ्रांत अतिमूल्यन की शिकार हुई हैं। आज जबकि राजकीय उत्साह से राष्ट्रकवि की शताब्दी मनायी जा रही है, मुझे बराबर यह खतरा अधिक मंडराता नज़र आ रहा है। क्योंकि अवमूल्यन की तरह ही अतिमूल्यन भी साहित्य के लिए एक घातक प्रवृत्ति है। लोग, गुप्त जी के विपुल काव्य से कुछ पंक्तियाँ खोज-बीनकर उन्हें हर युग का अग्रणी दिखाने और उन पर लगाये हर आरोप को खारिज करने पर तुल गये हैं, बिना यह जाने कि इससे उनका चित्र धुमैला ही होता है। क्योंकि वे जिस काव्य-युग का प्रतिनिधित्व करते हैं, वह स्वयं ऐसी जड़ों की तरह है जिसमें अदृश्य रूप से पत्तों की आकृति, पुष्पों की गंध और फलों का रस अंतर्हित होता है, लेकिन हम उन्हें पत्र, पुष्प या फल नहीं कहते।

यह ठीक है कि गुप्त जी हिंदी काव्य के विविध बदलावों के साक्षी कवि हैं। बीसवीं शती के पहले दशक से लगाकर छठे दशक तक के उनके सृजन-काल में हिंदी कविता अनेक पड़ाव पार करती हुई अत्याधुनिक युग में प्रवेश की तैयारी कर रही थी। गुप्त जी जैसे कवि का इन तमाम साहित्यिक और सामाजिक बदलावों से असंपृक्त रहना संभव नहीं था। क्योंकि उनकी रचनाओं में इन परिवर्तनों के साक्ष्य

मौजूद हैं। जीवित समाज और साहित्य में गहरी दिलचस्पी और जिज्ञासुवृत्ति के कारण, भले ही उनकी रचनाओं में जब-तब ऐसे स्फुल्लिंग छूटते रहे, जिनसे उनकी भीतरी हलचल का पता चल सकता हो, लेकिन समग्रत: ऐसा बदलाव रेखांकित नहीं किया जा सकता, जिससे शास्त्र-युग से भिन्न उनकी कोई विशिष्ट पहचान उभरती हो। अर्थात् गुप्त जी की सीमाएँ नवशास्त्र-युग की सीमाएँ बनी रहीं। इसलिए वहीं उनकी असीमताओं का पता भी पाया जा सकता है।

गुप्त जी के काव्य की एक सांस्कृतिक सत्ता ही नहीं, सांस्कृतिक दृष्टि भी है, जो अपने गुण-दोषों सहित अप्रतिम है। न तो हर युग को संतुष्ट करने वाली दो-चार पंक्तियाँ लिखकर ही वे बड़े कवि बने हैं और न इतिवृत्तात्मकता, स्थूलता और पारंपरिक आदर्शों का आरोप लगाने से उनके महत्त्व को खारिज किया जा सकता है। यह स्पष्ट हो जाना चाहिए कि अगरचे गुप्त जी का सर्वेक्षण बहुत व्यापक और लंबी कालावधि को छूता है, लेकिन चौतरफा गतिशील सर्जनात्मक अवदान की तुलना में उनका ऐतिहासिक योगदान अधिक मूल्यवान है। यह ऐसा योगदान है जो अपनी आहुति से कम की माँग नहीं करता। और, तमाम बातों को फिलहाल छोड़ दें तो सिर्फ़ यही क्या कम है कि गुप्त जी की भाषिक और सांस्कृतिक उपस्थिति के बिना छायावाद के उदय की कल्पना भी नहीं की जा सकती थी? उनका अवमूल्यन करने वाले आधुनिकों से मैंने अन्यत्र पूछा था कि 'अगर गुप्त जी भाषा की टार रोड न बनाते तो आप अपनी रॉल्स रॉयस कहाँ दौड़ाते?' इन लोगों को परंपरा की चर्चा तो शायद दकियानूसी लगे, लेकिन जो इस प्रत्यक्ष अवदान को भी न मानें उन स्मृति-हीनों से बहस करना ही बेकार है।

जहाँ तक गुप्त जी की समावेशिता का सवाल है, वह उनके युग-कवित्व की अनिवार्य माँग है। असल बात यह है कि शास्त्र युग एक पुश्तैनी मकान की तरह होता है, जिसमें पूरे कुनबे के लिए जगह होती है, वहाँ तीन काल एक साथ रहते हैं। यहाँ तक कि चाकू और सरौतियों की भी कई पीढ़ियाँ जमा होती हैं। उसके लिए इतिहास और जीर्णता भी उतना ही बड़ा मूल्य होता है, जितना बड़ा वर्तमान और अनागत। बारह खड़ी की किताब, पाणिनी का व्याकरण और ऋषियों के उपनिषद् वहाँ एक-से सुपूजित होते हैं। 'कुणाल गीत' में गुप्त जी ने यह जो लिखा है, वह दृष्टि शास्त्रीय युग के बिसात की ही हो सकती है:

'अहा! यह भविष्य की झाँकी
विकसित वर्तमान की आँकी
लुठित कंधरा पर क्या बाँकी
वे अतीत की अलकें!'

बहती हुईं नदियों का वर्णन करते हुए जब 'साकेत' के 'राम' यह सूत्र देते हैं:

'जितने प्रवाह हैं, बहें अवश्य बहें वे
निज मर्यादा में किंतु सदैव रहें वे।'

तो, वह राम की मर्यादा से अधिक शास्त्रीय कवि की बहुविध समावेशी मर्यादा की ही प्रतीति कराता है। सौंदर्य के उत्सव पर, यह युग, जो बाहरी पाबंदियाँ लगाता है; आवेग को बाँधने, ठहराने और तोलने के प्रति जो इतनी सजगता बरतता है, वही बहते हुए प्रवाहों पर 'मर्यादा' का अंकुश है।

मुझे लगता है कि 'रीति-युग' का स्मरण, कदाचित् आभिजात्य युग को स्वीकार करने के मार्ग में बाधक बना है, क्योंकि परिपाटी-विहित उस काल को शास्त्रीय युग मान लेने का भ्रम, मैं हिंदी आलोचना के लिए कोई बहुत बड़ा भ्रम नहीं मानता। फिलहाल शास्त्रीय युग से रीति युग की तुलना करने का भी मेरा कोई इरादा नहीं है, क्योंकि वह तो एक अर्थ में लक्षण ग्रंथों की पूंछ पकड़कर वैतरणी पार करने वाला युग था। इसलिए उस बखेड़े में न पड़कर यहाँ सिर्फ़ इतना कहना काफी होगा कि किसी भी साहित्य में आभिजात्यवादी युग की स्वस्थ और समर्थ उपस्थिति उसके आगामी विकास के लिए बहुत महत्त्वपूर्ण होती है। उसी के कंधे पर पैर रखकर पीढ़ियाँ, उसे छोटा करते हुए, आसमान नापती हैं, और इसमें उसे कोई एतराज नहीं होता; नहीं होता उसे एतराज इस पर भी कि उसका रस पीकर आप उसे शुष्क बनायें और उसकी शुष्कता पर एक अनपहचानी उपेक्षित निगाह डालें। इसीलिए शास्त्र युग के स्वरूप और गुण-दोषों पर विचार करने से पहले उसके महत्त्व की ओर इशारा करना मुझे ज़रूरी जान पड़ा।

अतीत का आवेग आभिजात्यवादी युग में लगभग प्रतिबद्धता का रूप ले लेता है—गोया स्मृति के संरक्षण का उत्तरदायित्व उसी पर आ पड़ा हो! पुरातन से किसी तरह की भिड़ंत उसकी कल्पना से परे है। यद्यपि समयांतर में स्थित रहने के कारण शास्त्र-कवि को भी कभी-कभार गत युग की गतिविधियों और चरित्रों में विसंगतियों के आभास होते हैं, लेकिन या तो वह उन्हें टालने की कोशिश करता है या उचित ठहराने के लिए ऐसी युक्तियाँ गढ़ता है जो समकालीन पाठक को तर्क-संगत लगें। 'गुरुकुल' के 'उपोद्घात' की ये पक्तियाँ अनजाने ही आभिजात्यवादी कवि का आत्म-स्वीकार बन गयीं हैं : 'पंचककारों के संबंध में कच्छ और कृपाण के समान केश और कंघी का महत्त्व नहीं मानते हुए भी उनके विषय में युक्तियों की कल्पना की गयी है।' पल-भर को आप सोच सकते हैं कि ऐसी क्या मजबूरी थी कि जिस बात का महत्त्व कवि स्वयं नहीं मानता, उसे दूसरों के गले उतारने के लिए 'युक्तियों'

की 'कल्पना' करता है! इसलिए कि उसके मन में 'गुरुओं के प्रति श्रद्धा' है। दूसरे शब्दों में यह 'श्रद्धा' गुप्त जी के मन में समस्त महापुरुषों और महान सांस्कृतिक विरासत के प्रति है जो उसकी रचनाओं की उपजीव्य है। इसलिए वे चाहे उससे असहमत हों, तब भी उन्हें उसका पक्ष लेते हुए 'युक्तियों' की 'कल्पना' करना ही है। उपजीव्य का, वे वर्तमान के लिए, सम्पूर्णत:आदर्शीकरण करना चाहते हैं। इसलिए शायद अपनी ओर से वे उसके साथ ऐसी कोई छेड़छाड़ करना नहीं चाहते, जिससे, उनकी समझ में, उसके द्वारा स्थापित आदर्श में कोई खोट या संदेह पैदा हो।

जो हो, गुप्त जी का कवि कड़ी मर्यादा में दीक्षित है, क्योंकि इस मर्यादा में वह लोकहित देखता है। यद्यपि यह भी सच है कि अंतरात्मा के विरुद्ध, औपचारिक या ऐच्छिक प्रयत्न से, रचना में पाठक को विन्यस्त और आश्वस्त करने वाली भाव-गहनता नहीं आती, तथापि शास्त्र कवि की यह ज़िद होती है कि वह मर्यादा और आदर्श में कहीं कोई फाँक नहीं रखेगा, भले ही इससे उसकी कविता का क्षरण होता हो। इतना ही नहीं, मुझे लगता है कि परंपरा को मूल्य का स्थानापन्न मानने की भ्रांत धारणा भी किसी हद तक उसमें होती है। गुप्त जी के काव्य में अगर यह प्राय: दिखायी नहीं देती (इसका मतलब यह नहीं है कि वह वहाँ है ही नहीं) तो इसका श्रेय मुख्य रूप से कवि के वस्तु-चयन को जाता है। क्योंकि भारतीय संस्कृति और इतिहास से गुप्त जी ने प्राय: ऐसी विषयवस्तु और चरित्र चुने हैं, जो चिरंजन मानव-मूल्यों के धारक और संवाहक हैं। एक सीधी-सादी पंक्ति में गुप्त जी ने इसे प्रकारांतर से स्वीकार भी किया है। वे एक स्व उत्तरित प्रश्न करते हैं कि 'पर, क्या न विषयोत्कृष्टता होती विचारोत्कृष्टकता?' यानी अगर आप उत्कृष्ट विषय चुन लें तो वे स्वयं ही वैचारिक उत्कृष्टता बन जायेंगे, जैसे अन्यत्र वे कहते हैं; 'राम का चरित्र स्वयं ही काव्य है, जो इसे उठायेगा स्वत: कवि बन जायेगा।' इस प्रक्रिया से, यानी उत्कृष्ट विषय के चयन से, गुप्त जी अनायास ही उस धर्म संकट से बच गये हैं, जिसमें अगर फंस गये होते तो उन्हें जाने कितनी स्वयं की 'असहमतियों' को दबाकर दूसरों को आश्वस्त करने वाली 'युक्तियों' की 'कल्पना' करनी पड़ती।

श्रेष्ठ चरित्रों और प्रसंगों के चयन से गुप्त जी 'श्रद्धा-भाव' भी बना रहा और अंत:प्रेरणा को भी धक्का नहीं पहुँचा। दूसरी ओर उन्हें ऐसा भारतीय पाठक भी मिल गया जो सदा से इन महापुरुषों, प्राचीन विचारों और कथाओं से शक्ति तथा प्रेरणा पाता रहा है। गुप्त जी की सफलता और लोकप्रियता का एक बहुत बड़ा कारण यह भी है कि उनका समकालीन भारतीय मनुष्य अत्यंत आस्थावान, वृत्तधर्मी और संस्कृति-प्रेमी था। उनके समानांतर जारी गाँधी-युग में राजनीतिक चेतना का आधार

भी राष्ट्रीय, सांस्कृतिक और मानवीय था। इसलिए गुप्त जी की उन कृतियों को जिन्हें आज हम इतिवृत्तात्मक, स्थूल, पद्यमात्र कह बैठते हैं उस जमाने में प्रेरणा और कवित्व का मानक माना गया था। क्या इससे यह सिद्ध नहीं होता कि उस परिवेश में, साहित्य में, उसी युग और वैसे ही कवि की ज़रूरत थी–जैसे गुप्त जी थे? या यों कहें कि गुप्त जी साहित्य से अधिक अपने समय की उपज थे। इसलिए स्वयं वे और उनका युग अपने समय में इस दृष्टि से भी अत्यंत प्रासंगिक था। यहाँ यह सूचित जड़ना चाहता हूँ कि जो अपने युग में अप्रासंगिक है, किसी अन्य युग में उसकी प्रासंगिकता का कोई अर्थ नही होता। किसी भी युग में वही कवि प्रासंगिक होता है जो अपने युग में अप्रासंगिक न रहा हो। (यह अलग बात है कि उसे उस युग में पहचाना न गया हो। सौभाग्यवश आधुनिक युग में ऐसे दो रचनाकारों को पहचानने में साधारण जनता ने भी भूल नहीं की (1. प्रेमचंद, 2. मैथिलीशरण गुप्त)। बहरहाल, उक्त कारणों से, मर्यादा और युक्तियुक्तकरण गुप्त जी के काव्य को बड़े पैमाने पर जो क्षति पहुँचा सकता था, मात्र अपवाद होकर रह गया है।

शास्त्रवाद एक तरह का पुनरुत्थानवाद है। उसका कवि इतिहास या पुराकथा को न तो सिर्फ़ अलगनी मानता है, न वर्तमान के लिए अवांछित या पीछे छोड़ दिये जानेवाला मृत युग। वह नये युग की अनुरूपता में ढालकर प्राचीन को एक प्रेरक उपस्थिति के रूप में दर्जा करता है। पारंपरिक मूल्यों की पुनर्स्थापना–क्योंकि वह उन्हें शाश्वत मूल्य मानता है...उसका मोहक सपना है। मानो अतीत गुरु है और वर्तमान शिष्य। शिष्य को तो दीक्षा ही लेनी होती है, अनुगमन ही करना होता है–प्रतिगमन उसके लिए वर्जित शब्द है! गुप्त जी का संपूर्ण काव्य अतीत के प्रति ऐसा ही सश्रद्ध है। वे भव्य या पुण्य अतीत की वापसी के लिए विह्वल दिखायी देते है:

'भगवान भारतवर्ष को फिर पुण्यभूमि बनाइए'

'फिर' पुरातन की वापसी का आग्रह हैं इसके कारण भी हैं। वे महसूस करते हैं कि उनका वर्तमान भीतर-बाहर से खोखला, जड़वत् और पतित हो चुका है। अतीत के आदर्श ही उसे उबार सकते है। 'हम कौन थे?' का अनवरत चिंतन गुप्त जी के यहाँ अस्मिता के साक्षात्कार का पर्याय है, और 'क्या हो गये हैं?' पर्यालोचन का। लेकिन 'और क्या होंगे अभी? को वे कारण-कार्य के न्यायानुसार पर्यवसायी 'कार्य' नहीं मानते। क्योंकि इसका लक्ष्यार्थ निकर्षजन्य नहीं, मननजन्य है, जिसमें पारस्परिक विचार-विमर्श के द्वारा भविष्य को बदलने का सुझाव गर्भित है। ज़ाहिर है कि वर्तमान के आलोचक होते हुए भी वे निराशावादी नहीं है। उनका विश्वास

है कि 'वे दिन यहाँ फिर आयेंगे, फिर आयेंगे, फिर आयेंगे।' विश्वासपूर्वक ऐसी पुनरावृत्तियाँ कोई निराशावादी भला क्यों करेगा?

'जय भारत' में नहुष कहता है कि 'फिर उठूँगा ओर बढ़कर रहूँगा; नर हूँ, पुरुष हूँ, चढ़ता रहूँगा मैं।' धीमे-धीमे मशक्कत के साथ लगातार ऊपर चढ़ती ये पंक्तियाँ अनवरत संघर्षशील आत्मविश्वासी गति की सूचना देती है। नहुष का चरित्र ही वास्तव में स्वर्ग तक ऊपर उठ कर गिरने का चरित्र है-स्पष्ट ही यह वर्तमान भारत का प्रतीक है जो कभी उन्नत था, लेकिन आज अवनत है, (बात गुप्त जी के जमाने की थी, लेकिन क्या आज भारत उससे भी बदतर हालत में नहीं है?) लेकिन इस पतन के बाद ऊपर उठने का संकल्प, नहुष के जरिये भारत को प्रेरणा और आत्मबल देता है। इसलिए गुप्त जी की आस्था अतीत से भविष्य तक के काल-पट पर तनी हुई है। वे समय-चक्र पर भरोसा करते हैं जिसके प्रत्यावर्तन से अंधकार के बाद प्रकाश आता है। परंतु जिस तरह दयनीय दशा को प्रत्यक्ष देखते हुए भी वे निराशावादी नहीं हैं, उसी तरह काल-चक्र के नियति-न्याय पर भरोसा रखते हुए भी भाग्यवादी नहीं है। इस माने में केवल वर्तमान के लिए रोना रोने वालों और भाग्य के भरोसे बैठे रहनेवालों से वे अपने को एक खास स्तर पर जुदा कर लेते हैं। मसलन, वे पूछते है कि अगर उत्थान के बाद पतन होता है, तब इससे उल्टा क्यों नहीं हो रहा है? और हम गिरते ही क्यों चले जा रहे हैं? अगर 'काल नेमिकमेण' सिद्धांत स्वचालित और नियमित है, तो इस पहिये को अपने-आप घूमना चाहिए था। अगर नहीं घूम रहा है, तो इसका मतलब तो यही हुआ न कि वह चक्र तो ज़रूर है, मगर अपने-आप नहीं घुमेगा। उसे घुमाना होगा। भाग्य और नियतिवाद से किस खूबसूरती से गुप्त जी कर्म-सिद्धांत पर आ गये है।

'और क्या होंगे अभी?' के संदर्भ में ऊपर कहा गया है कि अगर हम उस दशा से नीचे गिर गये है तो और क्या होना है-यानी पता नहीं हम और कितने गिरेंगे-सामान्यत: इस कथन का यही निष्कर्ष निकलना था। मगर इसी जगह पारंपरिक न्याय-सिद्धांत में गुप्त जी ने एक खूबसूरत हस्तक्षेप किया कि उस 'होने' को बचाने के लिए, सुझाव दिया कि 'आओ विचारें आज मिलकर ये समस्याएँ सभी।'-अगर गिरना ही नियति होता तो मिल-बैठकर क्या विचारना था? फिर तो मर्सिया पढ़ना ही बाकी बचता।

गरज यह कि गुप्त जी ने अतीत का पुनरुत्थान तो करना चाहा है, मगर एक संतुलित विवेक-दृष्टि से उस अतीत के श्रेष्ठ तत्त्वों का इतना गहन संयोजन किया है कि कही ऐसा नहीं लगता कि वे भारतीय संस्कृति, दर्शन, विचार आदि का

विरोध कर रहे हैं। वे ठीक उस मौके पर जहाँ विचार या अवधारणा अनुपयुक्त हो गये हैं, उन्हें आहिस्ते छोड़कर दूसरे में रूपांतरित कर देते हैं, ताकि संस्कृति की विसंगतियाँ नहीं, उसके सारसंयोजन घनीभूत हो उठें। शास्त्रीय कवि अपनी विरासत के प्रति रुढ़िवादी नहीं होता। विवेक, शास्त्रीयता का एक महान लक्षण है। दूसरी बात यह है कि एक शास्त्रीय कवि के लिए अपनी संस्कृति, परंपरा, नीति, दर्शन आदि का गहरा ज्ञान और नीर-क्षीर मूल्यांकन ज़रूरी होता है, तभी न वह आगे आने वाले युग की विश्वसनीय जमीन बनाता है। इस अवदान को क्या हम मामूली कह सकते है? बहरहाल!

गुप्त जी की पुनरुत्थानवादी मनोरचना पर यहाँ एक दूसरी दृष्टि से भी विचार करना चाहूँगा। समय-चक्र के संबंध में गुप्त जी यह भी कह सकते थे कि अगर आज अंधकार है तो कल, हमारे प्रयास से, प्रकाश भी होगा। लेकिन नहीं, वे यों नहीं कहते। वे कहते हैं कि अगर आज अंधकार है तो 'कल' प्रकाश रहा ही होगा। आज अगर हम अवनत हैं तो उन्नत हुए बिना अवनत कैसे हुए होंगे? क्योंकि उन्नति और अवनति अथवा प्रकाश और अंधकार सापेक्ष है:

'उन्नति तथा अवनति प्रकृति का नियम एक अखंड है।
चढ़ता प्रथम जो व्योम में गिरता वही मार्तंड है।
अतएव अवनति ही हमारी कह रही उन्नति कला
उत्थान ही जिसका नहीं उसका पतन ही क्या भला?' (भारत-भारती)

जिस कवि की अपने अतीत पर आस्था न हो, वह अपने पाठक को कैसे आस्थावान बना सकता है? गुप्त जी की यह तर्क-पद्धति न सिर्फ़ अतीत में उनकी दृढ़ आस्था दिखाती है, वरन पाठक के लिए भी आस्था की तर्कसंगत भूमि बनाती है। कुल मिलाकर अतीत उनके लिए दृश्य है और वर्तमान दृष्टि; अतीत गति है और वर्तमान चरण। वे पश्चवाही चेतना से, अधोवाही प्रवाह को, ऊर्ध्ववाही बनाना चाहते हैं। उनकी रचना का कुल सार यही है। परंपरा उनके लिए वरेण्य और प्रणम्य है[1] क्योंकि वे सांस्कृतिक निरंतरता पर एक विकसित मनुष्यता की दृष्टि से विश्वास रखते हैं।

हालाँकि हम जानते हैं कि गतयुग अपने संदर्भों में कभी लौटकर नहीं आता। इसलिए इतिहास या मिथक के सिर्फ़ उत्खनन के लिए परंपरा की यात्रा, साहित्य

---

1. परंपरा को वे किस रूप में स्वीकार करते है, इसका विस्तृत विवेचन 'अतीत का हंस' निबंध में देखिए।—लेखक

में, एक निरर्थक यात्रा है। इसे शास्त्र-कवि अच्छी तरह जानता है। इसीलिए वह सिर्फ़ इतिवृत्त नहीं करता; अतीत से आदर्श निचोड़ता है क्योंकि उसके मन में एक आदर्श दुनिया का खाका रहता है। बेशक यह दुनिया उसे अतीत से मिली है, जिसका स्वप्न सारा संसार अपने मिथकों के जरिये देखता रहा है। इतिहास को भी शास्त्रीय कविवृत्त की नहीं, तत्त्व की आँखों से देखता है। इसलिए कथा के भीतर उसका मनस्तत्व सक्रिय रहता है। 'विष्णुप्रिया' या 'गुरुकुल' क्या महज इतिवृत्त हैं, इतिहास की तरह तथ्य मूलक हैं? गुप्त जी का तो वर्तमान के बारे में भी कहना यह है :

'हो रहा है जो जहाँ सो हो रहा,
यदि यही हमने कहा तो क्या कहा!

किंतु होना चाहिए कब क्या कहाँ?
व्यक्त करती है कला ही यह यहाँ।' (साकेत)

कला उनके लिए आदर्शीकरण का माध्यम है। रीति युग की तरह यहाँ मीनाकारी और पच्चीकारी पर जोर नहीं है। गुप्त जी की सौंदर्य संबंधी अवधारणा कला-मूलक नहीं, जीवन-परिष्कार मूलक है। इसलिए उनका मुख्य प्रयोजन कविता के माध्यम से भूतकाल का, वर्तमान और भविष्य के लिए दोहन है। यहाँ यह बेखटके स्वीकार करना चाहिए कि परंपरा का निर्देशपरक दोहन, कविता की दृष्टि से भूतकाल का महज प्राथमिक उपयोग है। शास्त्र-कवि अपने अवधारणात्मक कारणों से, या नोस्टल्जिक कारणों से अतीत के इस्तेमाल की इस पहली मंजिल पर ही ठहर जाता है। आप उससे यह उम्मीद नहीं कर सकते कि वह गत्यात्मक कारणों से, अतीत और वर्तमान के बीच विपरीतधर्मी संबंधों के बारे में सोचेगा या कभी यह मानने को भी तैयार होगा कि न सिर्फ़ अतीत ही वर्तमान को प्रभावित करता है, बल्कि 'वर्तमान भी अतीत को प्रभावित' करता है। वह प्राय: अतीत में वर्तमान को ढालने की कोशिश करता है। विगत की आलोचना के जरिये वर्तमान के फासले, गति और उपलब्धि को आँक सकना उसके आदर्शीकरण की सीमा में नहीं आता। यहाँ तक कि वह गत के आलोच्य अंश को, रचना के उद्देश्य से छूता तक नहीं। और अगर वह प्रसंगवश चला भी आता है तो जैसे पहले कहा गया है कि कवि या तो उसे टालने की कोशिश करता है या उसके युक्ति-युक्तकरण की। क्योंकि वह प्राचीन को विधि का दर्जा देता है—जो वह दे सकता है। शास्त्रीय युग की उक्त अवधारणा से

परवर्ती युग-चेतना को, इस दृष्टि से भी, स्पष्ट-रूप में अलगाया जा सकता है। छायावादी या अन्य परवर्ती युगों में अतीत के प्रति न सिर्फ़ वैसा भक्तिभाव है, बल्कि आलोचनात्मक प्रतिक्रिया वहाँ लगातार तीव्र होती गयी है। इसके विपरीत शास्त्रीय युग मानव-परंपरा के अनेक जटिल और विरोधाभासी प्रसंगों से बचते हुए केवल वही हिस्सा उठाता है जिससे अतीत की साख वर्तमान पर बनी रहे। कल्पना और सर्जनात्मक प्रतिभा का ज्यादातर भाग वह अतीत के पुनर्निर्माण आदि में ही खर्च कर देता है। तब भी, इसे हम आभिजात्यवादी युग का महत्त्वपूर्ण अवदान कह सकते हैं कि वह एक साथ दो युगों पर सम्यक् दृष्टि डालते हुए, वर्तमान के लिए अतीत की मूल्यवान परंपरा का अन्वेषण करता है और उसे मजबूत आधार देता है—यह सोचते हुए कि उसके आगे भविष्य भी खड़ा है। पश्चिमी शास्त्रवाद के आलोचक सिडनी ने शायद इसीलिए इस युग के कवि को 'असाधारण भविष्य द्रष्टा' कहा था।

नवशास्त्रवादी कवि आमतौर पर अतीत-लेखन की दो प्रक्रियाएँ अपनाता है—एक में वह कथा में से आधुनिकता के लिए स्वीकारणीय आदर्शों का चुनाव करता है दूसरी में ध्वस्त मूल्यों को ध्यान में रखकर ऐसे प्रसंग चुनता है, जिनसे मूल्यों की पुनर्स्थापना संभव हो सके। मैथिलीशरण गुप्त ने प्राय:दोनों विधियों का उपयोग किया है—मुख्य रूप से पहली का, और गौण रूप से दूसरी का। रामायण और महाभारत से संबद्ध रचनाएँ पहली विधि के अंतर्गत आती हैं और यशोधरा, विष्णुप्रिया, काबा और कर्बला, गुरुकुल आदि दूसरी के अंतर्गत।

अतीत को आधारवस्तु के रूप में चुनते हुए कवि अतीतगामी नहीं होता। विगत-सातत्य उसे उन मूल्यों की शाश्वतता का पता देता है, जो मानव-जाति द्वारा लंबे काल तक परीक्षित हुए हैं—अत: सिद्ध हैं; और क्योंकि संसार भर में मनुष्य एक है, भले वह भिन्न परिवेश में पला हो, इसलिए मूल्यतत्त्वता में सार्वदेशिकता भी होती है। ऐसा कवि जो अतीत को देख रहा है और वर्तमान को भोग रहा है, जब मूल्यों को दो कालों में परीक्षित पाता है तो तीसरा, यानी भविष्य काल, उन मूल्यों की उपस्थिति से, वही परिणाम नहीं देगा, यह प्राय: नहीं हो सकता। मानव सभ्यता में मूल्य-परीक्षण की इसे वैज्ञानिक पद्धति कहना चाहिए। इस तरह वे सार्वकालिक रूप लेते हैं। मूल्यों के स्वरूप और प्रक्रिया में भेद को आभिजात्यवादी कवि अस्वीकार नहीं करता, इतना ही नहीं, वह मूल्यों के चयन में भी युगीन सतर्कता बरतता है। भाग्यवाद का निषेध संभवत: इसी परीक्षण और चयन का परिणाम है। साकेत के 'राम' कहते हैं: 'हे वत्स! विफल परलोक दृष्टि निज रोको।' परलोक-दृष्टि के

स्थान पर लोक-दृष्टि मनुष्य के कल्पित अदृश्य के स्थान पर उसके यथार्थ अनुभव से जन्मी-दृष्टि की स्थापना ही है।

भारत का शास्त्रीय कवि ही सही अर्थ में ईश्वरीय या प्राकृतिक न्याय को काव्य-न्याय में तबदील कर सकता है। वह प्रायः त्रासद, करुण-काव्य की रचना नहीं करता, क्योंकि उसका नायक मूल्यों का स्थापक और संवाहक है। वह उसका पराभव, पतन या मृत्यु दिखाकर मनुष्य की सत् के प्रति आस्था डिगाना नहीं चाहता। जहाँ सत् है, वहाँ विजय है—यह उसकी दृढ़ आस्था है, भले ही लोक में वह इससे उल्टा भी देखता हो। भारतीय मनीषा ने जन्म-जन्मांतर के कर्म और फल को शायद इसीलिए कल्पित किया है। ('कल्पित' इसलिए कि दूसरा जन्म तो अदृश्य होता ही है, इस जन्म में भी वह जो देखता है—हो सकता है वह पूर्वजन्म की परिणति हो!) सत् की स्थापना के लिए इस मनोवैज्ञानिक और काल्पनिक संहिता का निर्माण स्वचालित संहिता का निर्माण है। कैकेयी जब कहती है कि 'निज जन्म-जन्म में सुने जीव यह मेरा/धिक्कार उसे था महास्वार्थ ने घेरा'—तो वह अनुताप को कितना गहराती है और स्वयं स्वार्थ का कितना प्रचंड दंड झेलती है! भारतीय चिंतन का उपयोग करते हुए गुप्त जी ने सत्य और न्याय की स्थापना में अपनी काव्यांजलि दी है—इसमें कोई संदेह नहीं। इसलिए वे उन रीतिवादियों का प्रत्याख्यान करते प्रतीत होते हैं जो मनोरंजन को ही कवि-कर्म समझते थे। वे साफ कहते हैं: 'केवल मनोरंजन न कवि का कर्म होना चाहिए/उसमें उचित उपदेश का भी मर्म होना चाहिए।' इसमें कोई शक नहीं है कि अपने लिए इतनी मर्यादा बाँधकर स्वयं गुप्त जी ने अपनी कविता की रंजकता को भी ठेस पहुँचायी है, मगर यह आत्म-चिंता उन जैसे लोक-चिंतक को कहाँ?

शास्त्रीय युग संयम, संतुलन, भव्यता और आलंकारिकता का युग होता है। गुप्त जी में उसका संयम और संतुलन तो पर्याप्त है, लेकिन भव्यता और आलंकारिकता बहुत कम परिमाण में है। इस छूटे हुए पक्ष का छायावाद ने बखूबी इस्तेमाल किया है। 'कामायनी' और 'राम की शक्तिपूजा' में भव्यता और अलंकरण देखते ही बनता है। गुप्त जी ने काव्य में इन तत्त्वों की न्यूनता ने नीरसता पैदा की है, उसे बोझिल बनाया है। यह गलतफहमी नहीं होनी चाहिए कि बड़ी-बड़ी कथाएँ ले लेने से रचना में भव्यता आ जाती है, या उपमा, रूपक आदि के प्रयोग से आलंकारिकता। ये संरचना के आभ्यंतरिक गुण हैं—जो चाक्षुष, स्मृत, रंजक बिंबों; कल्पना, उदात्तता, मर्मस्पर्शिता आदि से आविष्कृत होते हैं। मैथिलीशरण गुप्त क्योंकि बाहर और भीतर से संपूर्णतः व्याकृत और अनुशासित कवि थे, अतः वे प्रायः सर्जना के ऐसे बंधन नहीं खोल सके जिनसे रचना में उदात्त विराटता और रंजकता आती। गुप्त जी एक

सरल कवि हैं, विरल कवि नहीं। उनके समीकरण सीधे-सादे और जटिलताविहीन हैं। इसे आप उनकी विशेषता भी कह सकते हैं और सीमा भी।

गुप्त जी के काव्य में शील, शक्ति और सौंदर्य के समन्वय की भरपूर कोशिशों के बावजूद यह कहने में संकोच नहीं होना चाहिए कि उनके यहाँ आवेग ठहरा हुआ है, संयम की इतनी सघनता या पराकाष्ठा है कि वे एक कवि के रूप में स्वयं भी बहुत बंधे-बंधे रहे। अतीत के आधुनिक इस्तेमाल का विवेक तो उनमें था, लेकिन अपने युग की द्वंद्वात्मक चेतना का वह विवेक नहीं था, जिससे वस्तु अतिक्रमित होती है, सृष्टि और आत्मा दोनों का विश्लेषण होता है। एक उदाहरण पर्याप्त होगा। गुप्त जी ने नारी-उत्कर्ष, और नारी-करुणा दोनों को काव्य में बहुत महत्त्व दिया, परंतु अपने इतिवृत्त की सीमाओं, परंपराओं के प्रति सम्मान और उसके आदर्शीकरण की प्रवृत्ति के कारण वे नारी का क्रांतिकारी रूप प्रस्तुत न कर सके। यशोधरा, विष्णुप्रिया या उर्मिला को, छोड़कर चले जाने वाले पुरुषों को उन्होंने आड़े हाथों नहीं लिया। एक बार भी यह सवाल नहीं पूछा कि यह अन्याय और इससे उपजी साधना और त्याग के क्या मानी है? यानी ऐसी साधना या सिद्धि निरर्थक है जो स्त्री के परित्याग से प्राप्त होती या गौरवान्वित होती हो। वे केवल दो-एक जगह ऐसे व्यंग्य कर सके कि 'अगर नारी घर छोड़कर निकल जाये तो 'असती' कहाती है और पुरुष 'यती?' या 'नर कृत शास्त्रों' के सारे बंधन नारी के लिए हैं, पुरुषों ने 'अपने संविधान' में स्वयं के लिए पहले ही तमाम सुविधाएँ रख ली हैं।' आदि। परंतु कोई विद्रोह, प्रतिकार आदि वे आयोजित न कर सके। शायद इतिहास या पुराण से उचित उदाहरण न मिलने की वजह से राजा राममोहन राय आदि के द्वारा या आर्य समाज के द्वारा नारी-शोषण के विरुद्ध सक्रिय आंदोलनों को वे अपने काव्य में प्रायः जगह नहीं दे सके। केवल परित्यक्ता नारी की उदात्तता, लोक-सेवा, त्याग और आत्म-गरिमा, उन्हीं आबद्धाओं के बीच व्यक्त करते रहे, जो परंपरा से उन्हें मिली। अतिक्रमण और उदग्र चेतना के बिना इतिवृत्त युक्तियों, तर्कों, समावेशों, समायोजनों आदि तक ही सीमित रहता है। हम इसे शास्त्र-कवि की सीमा मान सकते हैं। इतने अनुशासनों और वर्जनाओं के बीच उसे आभ्यंतर व्यंजित करना होता है जो विचार और कवित्व दोनों की सीमा बन जाता है। कई बार ऐसा लगता है कि अतीत कथाओं को वर्तमान से गूंथने के लिए ज़रूरी जो बात होती है, यानि चेतना की आधुनिकता, वह शास्त्रीय कवि के लिए दुर्लभ होती है। उसकी यात्रा उस घोड़े की यात्रा है जिसके पैर पीछे से बंधे हैं।

इसके बावजूद गुप्त जी के गंभीर और सार्थक अवदान का महत्त्व कम नहीं होता। उन्होंने गंभीर उद्देश्यपरक काव्य-यात्रा की, जिसमें मनोरंजन का सस्तापन न था। उनके अवदान को रेखांकित करते हुए यह ज़रूरी बात भुलाई नहीं जा सकती कि उन्हें एक साथ दोहरा काम करना पड़ा, स्वयं काव्य-भाषा का निर्माण और उसमें अभिव्यंजना; जैसे किसी राजमिस्तरी को पहाड़ तोड़कर पत्थर भी बनाना पड़े और फिर खूबसूसत चुनाई भी करनी पड़े तो वह आखिर कुशलता के लिए अपने को कितना दे सकता है? गुप्त जी के जन्म के समय खड़ी बोली कविता सिर्फ़ चार साल की थी; उन्होंने जब पहले-पहल कविता लिखी तो वह मुश्किल से सोलह-बीस साल की रही होगी। भाषा का परिमार्जन, काव्य-भाषा के रूप में उसका परिष्कार, छंद आदि का निर्माण और विपुल भारतीय संस्कृति का अध्ययन-मनन-लेखन सब कुछ एक साथ निभाना कितना दुस्सह होता है! जहाँ तक भाषा का सवाल है, उसकी परिपक्वता और अपने व्यक्तित्व के भीतर उसकी संरचना का सीधा संबंध विचार और अभिव्यक्ति से है। विद्वान के पास भी अगर नयी, अनपहचानी, अनगढ़ भाषा जाती है, तो विद्वत्ता उसके साथ आते हुए सकुचाती है। हर तरह से नयी, अव्याकृत भाषा को काव्य-भाषा बनाकर विचारों के वहन करने की सामर्थ्य के लायक परिपक्व बनाना आसान काम नहीं है। गुप्त जी की इस सेवा को अगली पीढ़ी के कवि बच्चन ने भाव-विभोर होकर स्वीकारा है। उन्होंने कहा है कि जैसे कण्व ऋषि नीचे पड़ी बालिका शकुंतला को अपने घर उठा लाये थे वैसे ही गुप्त जी ने करुणार्द्र होकर अबोध हिंदी को वात्सल्य दिया। आगे वे लिखते हैं :

'तुतलाने वाली को क्रमशः
गाना गीत सिखाया,
औ' घुटनों चलने वाली को
नर्तन कुशल बनाया, आजीवन साधना उन्हीं की
आज खड़ी बोली जो,
युग, देश, प्रकृति, संस्कृति के साज सजाए
मैथिलीशरण थे हिन्दी के हित आये।'

बच्चन ने गुप्त जी की संपूर्ण भाषिक सेवा का यहाँ सहृदय-स्मरण किया है–यानी उस सेवा का भी जो आगामी काव्य की भूमिका बनी। प्राप्त भाषा को संवार लेने और भाषा को प्राप्त करके काव्यानुवर्तिनी बनाने में बहुत अंतर है, इसके भूलने की कृतघ्नता ने ही गुप्त जी के समुचित महत्त्व को बाधित किया है।

...और बिलकुल वैसा भी नहीं है, जैसा गुप्त जी को लेकर कवि-समाज और आलोचना के क्षेत्र में आरोप लगाया जाता है। जो लोग उन्हें केवल इतिवृत्तात्मक स्थूल, पद्य-कवि कहते हैं, उन्होंने उनकी कुछ मार्मिक कृतियों पर गौर नहीं किया है। 'पंचवटी' की निर्मल प्रवाहशीलता और खुलापन, 'जयद्रथ वध' और 'भारत-भारती' की वेगवती ऊर्जा, 'कुणाल गीत' की मार्मिकता और उनके विराट् काव्य में यहाँ-वहाँ छलछलाती सौंदर्य की धाराओं को मेहरबानी करके वे, पहचान लें। किसी के न मानने से, गुप्त जी का कुछ नहीं बिगड़ेगा, बस हम अपनी ही बुनियाद से अपरिचित रह जायेंगे। 'पंचवटी' के प्रारंभ और 'कामायनी' के प्रारंभ में लगभग संपूर्ण साम्य अकारण और अनजाने नहीं है। और भी कुछ प्रभाव देखें, गुप्त जी कहते हैं:

'मानस मंदिर में सती, पति की प्रतिमा थाप।
जलती-सी उस विरह में, बनी आरती आप॥' (साकेत)

इसे पढ़ते ही निराला की ये पंक्तियाँ बरबस स्मरण हो जाती हैं :

'वह इष्टदेव के मंदिर की पूजा-सी
वह शांत भाव में लीन।' (विधवा)

गुप्त जी कहते हैं :

'ऊपर शून्य तको क्यों, नीचे भरे सिंधु गंभीर
करो सींचने के उपाय ही, अक्षय है निज नीर।'

सुमित्रानंदन पंत कहते हैं :

'ताक रहे हो गगन, मृत्यु नीलिमा गहन
देखो भू को स्वर्गिक भू को, मानव पुण्य प्रसू को।'

गुप्त जी कहते हैं :

'व्याकुल न हो, कुछ भय नहीं,
तुम सब अमृत संतान हो!'

प्रसाद कहते हैं :

'डरो मत अरे अमृत संतान
अग्रसर है मंगलमय वृद्धि...'

इन साम्यमूलक पंक्तियों से यह भ्रम नहीं होना चाहिए कि गुप्त जी को छायावाद का प्रणेता कवि कहा जा रहा है। मुख्य बात यह है कि गुप्त जी अपने भाषिक और अभिव्यक्तिगत आधार की दृष्टि से इतिहास-धारा में इतने अनिवार्य, प्रभावकारी हैं कि उन्हें लाँघकर आगे नहीं बढ़ा जा सकता। उन्होंने न सिर्फ़ हिंदी को थिरकना सिखाया, आगामी युगों को भी अनेक पारंपरिक और स्थूल आधारों से गतिशील होने में मदद दी। शायद 'थिरकना' गुप्त जी के संदर्भ में एक आरोपित शब्द लगे, क्योंकि इस पर छायावाद का एकाधिकार माना जाता है और उपर्युक्त पंक्तियों में भी हम देखते हैं कि आगामी कवियों ने गुप्त जी की बात को ही कितनी खूबसूरती और कलात्मकता से कहा। लेकिन कथित को कला देना अकथित को कहने से अधिक महत्त्व, किस हद तक, रख सकता है? बहरहाल मैं चाहता हूँ कि हम गुप्त जी के काव्य की थिरकन को भी देख लें और यह भी कि गुप्त जी ने स्वयं ही काव्य-भाषा और अभिव्यंजना शिल्प को यह सत्ता भी कहीं-कहीं दे डाली है कि हम अगले युग से उसकी व्यंजना के रिश्तों को भी काट नहीं सकते। 'कुणालगीत' की ये पंक्तियाँ ज़रा देखें :

'आगे यह मुक्त द्वार स्वागतार्थ आया
लौ, रसाल-गंध-जात-पुलक भेंट लाया
दुग्ध भार मंद-मंद
लौट पड़ा धेनु वृंद....' (आदि)

अगर इन पंक्तियों को अनाम रखा जाये तो हर कोई इन्हें निराला की पंक्तियाँ समझेगा। 'कुणालगीत' गुप्त जी ने जेल के खाली समय में लिखा था। इससे यह संभावना उपजती है कि यदि गुप्त जी को समय मिल पाता, और भारतीय संस्कृति और अतीत को उतारने के लिए उन्हें इतना श्रम न करना पड़ता, उनमें अगर एक गहरा सांस्कृतिक उत्साह और उत्तरदायित्व-बोध न होता; आदर्शों और मर्यादाओं से वे इतने आबद्ध न हुए होते तो संभवतः काव्य-भाषा का निर्माण ही नहीं करते, उसे एक स्निग्ध, कांत और कल्पना प्रवण व्यक्तित्व भी दे सकते थे। कहने का आशय केवल इतना है कि गुप्त जी के काव्यत्व पर उठी उंगलियों को न सिर्फ़ उनकी अंतर्बाह्य सीमाओं की जानकारी होनी चाहिए थी, बल्कि उनके काव्यत्व की क्षमता का अहसास भी होना चाहिए था।

प्रारंभ में उठायी गयी बात को समेटकर यह आलेख समाप्त करना चाहूँगा। मैंने कहा था कि शास्त्र-युग के कवि में व्यापक समावेशिता होती है। उसके भीतर एक सदाशयी मन निवास करता है। इसलिए वह अपनी प्रवृत्ति और केंद्रीय चेतना के

बावजूद कहीं ऐसा भी लिख जाता है, जो उसके काव्य-व्यक्तित्व से कभी-कभी कुछ दूर जा पड़ता है। आलोचना के कर्तव्य की भी यहाँ परीक्षा होती है कि वह शास्त्र-कवि के इन विरल संदर्भों को किस अर्थ में ले? मसलन गुप्त जी को यथार्थवादी सिद्ध करने के लिए अगर ये पंक्तियाँ उद्धृत की जायें :

'वह अतीत पुरुषों का युग था उसका क्या कहना है?
सुनो! किंतु अपने ही युग में हम सब को रहना है।
विगत हुआ तो विगतों का युग, अपना तो प्रस्तुत है
कितना नव्य, भव्य तुम देखो यह अपूर्व अद्‌भुत है।'

अथवा

'जिस युग में हम हुए वही तो अपने लिए बड़ा है।'

* * *

'अपने युग को हीन समझना आत्महीनता होगी।'

(एक आलेख से उद्धृत)

अगर इन पंक्तियों को तत्त्ववाद के रूप में लिखा जायेगा, तो, वह एक तरह से गुप्त जी के पूरे सांस्कृतिक मिशन से इनकार करने की तरह होगा। हम जानते हैं कि उन्होंने अतीत का निषेध करने के लिए अतीत की रचना नहीं की थी। उनका संपूर्ण साहित्य अतीत को आदर्श मानकर, वर्तमान को प्रेरणा देने वाला साहित्य है। वे 'बक-संहार' में कहते हैं :

'अब भूत चाहे भूत है
पर वह बड़ा ही पूत है
इतिहास देता है हमें इसका पता।'

ऐसे पूत अतीत की उपेक्षा को गुप्त जी के साहित्य में क्या रेखांकित किया जा सकता है? महत्त्वपूर्ण यह नहीं है कि पूर्वोद्धृत पंक्तियों में प्रकट यथार्थवादी दृष्टिकोण के जरिये हम गुप्त जी को यथार्थवादी, क्रांतिकारी, आधुनिक आदि-आदि कहने का सुख पा सकते हैं, परन्तु प्रश्न यह है, क्या हमारा यह आत्मघोष स्वयं गुप्त जी की संपूर्ण काव्य-साधना और ऐतिहासिक योगदान को ख़ारिज़ नहीं कर देता? अगर अपने युग को हीन समझना, आत्महीनता है तो सवाल यह है कि क्या 'भारत भारती' और अनेक ग्रंथों में वर्तमान की दुर्दशा का चित्र खींचकर स्वयं गुप्त जी अपने ही आरोपों के घेरे में नहीं आ जाते? इसलिए कवि की समाई को,

जिसमें यथार्थवाद के चिह्न भी हों, इस रूप में नहीं लिया जा सकता, जिससे उनके समग्रकाव्य-व्यक्तित्व को अन्यथा अर्थ में रेखांकित करना पड़े। यह स्पष्ट है कि गुप्त जी की गंगा अतीत के हिमालय से ही प्रभावित होती है, हालाँकि उसका प्रयोजन वर्तमान के मैदानों और कछारों को सरसब्ज करना ही है। इसलिए वह वर्तमान उनके लिए कम महत्त्व नहीं रखता जिसके लिए उनकी गंगा अतीत के हिमालय से इतनी दूर की यात्रा करती है, लेकिन वह सामयिक और तात्कालिक न होकर आगे-पीछे जुड़ी हुई है। इसलिए गुप्त जी में पाये जाने वाले विभिन्न युगों, विचारों, काव्य-शैलियों आदि के चिह्न को उनकी समग्रता के परिप्रेक्ष्य में ही मूल्यांकन किया जा सकता है—और वह समग्रता उनके नव आभिजात्यवादी कवि-व्यक्तित्व की ही परिणति है।

खड़ी बोली काव्य-भाषा के पितामह

काव्य-भाषा के रूप में खड़ी बोली के निर्माण और विकास में मैथिलीशरण गुप्त ने एक मजदूर से लगाकर कुशल कारीगर तक की भूमिका निभायी। उन्होंने कच्चा माल ढोया, उसे करीने से लगाया, उस भूमियों की तलाश की जहाँ उसे रूपायित किया जा सकता था और अंततः एक कंगूरे और मेहराबदार इमारत बनाकर अगली पीढ़ी को सौंपी। दूसरी ओर उन्होंने ऐसे पाठक वर्ग को लगाया, जुटाया, संस्कारिता किया और दिशा दी जो अन्यथा काव्य में आसक्त, अतीत के अँधेरों से उदास, वर्तमान से क्षुब्ध और राष्ट्रीय अभ्युदय का आकांक्षी था। उसे उन्होंने न सिर्फ़ भाषा में कविता दी, वरन उसकी आकांक्षा और आवश्यकता को भाषा में दिया। फलस्वरूप पाठक ने भी भाषा की सीमा और अनभ्यस्तता की परवाह किये बिना, खुद को कवि-माध्यम में ढाला और बदला। यह पारस्परिक उत्सर्जन और उत्सर्ग न केवल गुप्त जी के वृत्तमूलक और काफी हद तक समतल काव्य की लोक-प्रियता का कारण हुआ, बल्कि उस भाषा की प्रियता और सम्मान का भी कारण हुआ, जिसे अटपटी, खड़ी और खुरदुरी कहकर 'मॉडर्न वर्नाक्यूलर' के पंडित ग्रियर्सन ही नहीं, नवजागरण के प्रतीक भारतेंदु और उनका ज्योत्स्नामंडल तक काव्य-भाषा के रूप में खारिज कर चुका था। गुप्त जी के आसन्न पूर्ववर्ती श्रीधर पाठक ने खड़ी बोली का काव्य-भाषा के रूप में उपयोग तो किया, लेकिन आधे मन से। एक ही कविता में जहाँ वे 'धन्य यहाँ की धूलि, धन्य नीरद, नभ, तारे' जैसी पंक्ति लिखते थे वहीं 'धनि, धनि श्री काश्मीर धरनि, मन हरिनि सुहावनि' जैसी पंक्तियों में अपनी स्निग्धता बिखेरते थे; गोया कांतता, मसृणता और माधुर्य खड़ी बोली में नहीं रचा जा सकता, या सिर्फ़ उसके बूते पर 'कविता' नहीं की जा सकती।

गुप्त जी ने इस टैबू को बड़ी हिम्मत से तोड़ा। इसमें कोई शक नहीं है कि यह साहस, प्रेरणा और दीक्षा उन्हें आचार्य महावीर प्रसाद द्विवेदी से मिली थी, क्योंकि गुप्त जी ने भी अपने समकालीनों की तरह ब्रजभाषा से ही काव्यारंभ किया था, लेकिन, इस मानसिकता से वे दो-तीन वर्षों में ही उबर गये जबकि प्रायः अन्य कवि जब-तब ब्रजभाषा का पल्लू थामने को बेताब हो जाते थे। यहाँ तक कि खड़ी बोली में लिखते-लिखते उन्हें सहसा ब्रज का मोह घेर लेता था–ठाकुर गोपालशरण सिंह और नाथूराम शर्मा 'शंकर' की ये पंक्तियाँ उस युग की डगमगाती भाषिक मानसिकता को व्यक्त कर सकती हैं :

'आते जो यहाँ हैं ब्रज भूमि की छटा वे देख
नेक न अघाते होते मोद-मद माते हैं।' (ठा० गो० सिंह)

* * *

'अबला ने चुपचाप उठाय पछाड़ा मुझको।
बेटा जन कर बाप बनाय बिगाड़ा मुझको।' ('शंकर')

कुछ कवियों ने भाषा के आधार पर विषय-वस्तु की हदें बाँध ली थीं। राय देवी प्रसाद 'पूर्ण' पुराने विषय ब्रज में और नये खड़ी बोली में लिखते थे। ऐसे परिवेश में मात्र खड़ी बोली में लिखना और प्रबंध काव्य में एकमुश्त प्रस्तुत कर देना हिम्मत और आत्म-विश्वास से कम नहीं था।

यह स्मरणीय है कि 'प्रिय-प्रवास' जो खड़ी बोली का पहला महाकाव्य माना जाता है, 'रंग में भंग', 'जयद्रथ वध', 'भारत-भारती', 'पद्य प्रबंध' आदि का परवर्ती है; जबकि हरिऔध, गुप्त जी से लगभग बीस वर्ष बड़े थे और अर्से से कविता में जुटे थे। वार्णिक छंदों में प्रबंध लिखकर भी एक तरह से उन्होंने खड़ी बोली के काव्यभाषिक चरित्र पर थोड़ा अविश्वास ही किया था। उनके विन्यास और शब्द चयन में भी कहीं ब्रज तो कहीं संस्कृत का ऐसा घालमेल है जो खड़ी बोली के स्वभाव के अनुकूल नहीं है। उदाहरण के लिए :

'लख मुख जिसका मैं आज लौं जी सकी हूँ' या
'प्रफुल्लिता कोमल पल्लवान्विता
मनोजतामूर्ति नितांत रजिता...' प्रिय प्रवास

कविता में खड़ी बोली की स्थापना, साहित्य में उस आधुनिकता को दोनों पैरों पर खड़ा कर देना था, जो अब तक लंगड़ा रही थी। क्योंकि ब्रज भाषा में नवता का प्रवेश होने पर भी वह विषयवस्तु और शिल्प को अपने संस्कारों से मुक्त नहीं

होने दे सकती थी। उसमें लिखते हुए नयी चेतना का स्पष्ट साक्षात्कार प्रायः संभव नहीं था। खड़ी बोली और ब्रज में साथ-साथ लिखने वाले कवियों की दोनों भाषाओं की कविताओं को देखने पर प्रतीत होता है कि ब्रज में लिखते हुए ये कुछ और थे और खड़ी बोली में लिखते हुए कुछ और। इस संदर्भ में नाथूराम शर्मा 'शंकर' का उदाहरण पर्याप्त होगा, जो द्विवेदी युग के अत्यंत तेजस्वी और समाज-चेता कवि थे। ब्रजभाषा में वे अक्सर पारंपरिक विषय, अतिशयोक्ति, समस्यापूर्ति, प्रचलित छंद तक सीमित रहे, जबकि खड़ी बोली में उनकी भाषा, तेवर, विषय, छंद—सबमें स्पष्ट बदलाव दिखायी देता है। ब्रजभाषा के एक कवित्त में वे कहते हैं कि 'वियोगिनी की आह निकलने से विधाता की 'बनावट' ही नहीं बचेगी, नदी-नद, भाप बनकर उड़ जायेंगे, ध्रुव छोर पिघल जायेंगे, चंद्रमा-सितारे अंगारे बनकर बुझ जायेंगे,' आदि....। 'सूखि गयो बिन जीवन वारि, शरीर तड़ाग मिटी हरियाली' जैसे सवैये में वे समस्यापूर्ति में लीन दिखायी देते हैं, या फिर मृत्युओं पर शोक गीत लिखने में। लेकिन खड़ी बोली में वे इस रूप में होते हैं :

'देशभक्त वीरो, मरने से नेक नहीं डरना होगा
प्राणों का बलिदान देश की वेदी पर करना होगा।' (शंकर सर्वस्व)

उनके व्यंग्य भी निखर उठते हैं :

'नयी ज्योति की ओर जाना नहीं
पुराने दिए को बुझाना नहीं।'....
'करो चाकरी घूस खाया करो!'

('अविद्यानंद आख्यान', शंकर सर्वस्व)

'रत्नाकर' ब्रज में 'उद्धव शतक' और 'गंगालहरी' या 'कविरत्न', 'भ्रमर-दूत' ही लिख सकते थे—'भारत-भारती', 'किसान' या 'पथिक' नहीं। यहाँ यह विवेक रखना उपयोगी होगा कि अपवाद को नियम न बनाया जाये और इस सच्चाई से इनकार न किया जाये कि भाषा अपनी भाव-प्रणाली, परिवेश और संस्कार से कहीं-न-कहीं बंधी रह जाती है—उसे मुक्त करने के सारे प्रयत्नों के बावजूद। इसलिए नयी चेतना को नयी भाषा की ज़रूरत होती है। तत्कालीन ब्रजभाषा काव्य की स्थिति के बारे में एक विद्वान की टिप्पणी देकर इस किस्से को खत्म किया जाये: 'द्विवेदी-युग की नवीन वैचारिक सरणि को वहन करने में अक्षम और छायावादी उद्‌गम की नवीन अभिव्यंजना से पृथक् तथा जनमानस के नवीन परिवेश से दूर रहने वाली यह ब्रज-काव्य परंपरा युग की वाणी नहीं बन पायी।' (पूनम चंद

तिवारी : द्विवेदी युगीन काव्य, पृ० 377) स्पष्ट है कि मैथिलीशरण गुप्त इस दृष्टि से भी कितने अपरिहार्य और ज़रूरी कवि हैं?

हाँ, गुप्त जी के पास प्रतिभा की सर्चलाइट नहीं थी, लेकिन एक मशाल थी, जो भले ही दूर तक अँधेरा न बेध सकी हो, परंतु उसने प्रकाश का आधार और विश्वास दिया। घिरे हुए अँधेरे में ठीक पास की पगडंडी दिखायी पड़ना भी नियामत है। यह कहना इसलिए अनिवार्य हुआ कि भाषा की विस्तृत और पुख्ता जमीन बनाने पर भी गुप्त जी ने प्रातिभ प्रखरता के अधिक प्रमाण नहीं दिये। जीवनादर्श और सोच में वे मध्यकालीन लोक-मंगल के कवि तुलसीदास से प्रायः आगे नहीं बढ़ सके। आचार, व्यवहार, मूल्य-बोध आदि के मामले में पारंपरिकता को आधुनिक दृष्टि देने के बावजूद वे विशेष क्रांतिकारी साबित नहीं हुए। लगता है कि खड़ी बोली को काव्य-भाषा के रूप में ग्रहण करने के मूल में गुप्त जी की नयी चेतना उतनी सक्रिय नहीं थी, जितनी तत्कालीन राष्ट्रीय जागरण की भाषा के जरिये अस्मिता का पुनर्जागृत करने की भावना और द्विवेदी जी के निर्देश। इसलिए उनकी काव्य-भाषा में गतिशीलता की अपेक्षा व्यवस्था और स्थिरता अधिक है। उनकी भाषा का तापमान विचारों और अचारों के तापमान का अनुगामी प्रतीत होता है। संभव है कि गुप्त जी के मन में अपने समय की अवधारणा, नये बीज बोने के समय के रूप में न होकर धरती को फिर से उर्वर करने के रूप में थी। तत्कालीन सामाजिक, धार्मिक, नैतिक और बौद्धिक मानस का बहुमत भी उनकी इसी अवधारणा का पोषण करता प्रतीत होता है। सामान्य जन और बुद्धिजीवी भी प्रायः भक्तियुगीन मध्यकाल के आदर्शों और मूल्यों को अपने समय के लिए प्रासंगिक मानते थे। इसलिए गुप्त जी से उस जन-मानस की सीमाओं को काटकर देखना त्रुटिपूर्ण होगा जिसे वे संबोधित करना या संप्रेषित होना चाहते थे। लोक संग्रही कवि; लोक की सीमाओं में बंधकर ही लोक को बाँधता है। गुप्त जी को घर-गृहस्थी सम्हालकर चलना था। पीठ पर बोझा उठाकर चलने और खाली हाथ चलने वाले की गति में फ़र्क होना लाज़मी है। गुप्त जी के बारे में निर्मम निर्णय लेने से पहले इस तथ्य पर विचार कर लेना भी अयुक्तियुक्त न होगा।

लेकिन इसका एक दूसरा पक्ष भी है। लोक, अनेक संभावनाओं से भरा होता है, रचनाकार से उम्मीद की जाती है कि वह उन संभावनाओं की पड़ताल करे जो लोक में छिपी होती है, और उन दिशाओं के संकेत भी दे, जो उसका सर्जक होना वांछनीय बनाती हैं। गुप्त जी में ऐसी उत्कट सर्जनात्मकता कम थी। वे उन लेखकों में नहीं थे जो वक्त से पहले अतिकांतदर्शिता के कारण अकेले छूट जाने का खतरा मोल ले सकते हों। अपने स्वीकृत आदर्शों या चुने हुए अतीत पर आलोचनात्क दृष्टि

डालना या उसके प्रतिपक्ष में खड़े होना उनके लिए लगभग असंभव था। इन तमाम बातों का लेखक भाषिक चेतना पर प्रभाव पड़ता है।

काव्यभाषा का थिराना, तीव्र प्रवाहित होना, या उसका विस्फोटक होना कवि के विचार और वस्तु-स्त्रोत, उनके प्रति कवि के आचरण, अनुभूति और विचार का स्तर-प्रकार वगैरह पर निर्भर करता है। गुप्त जी के मन की डोरी क्योंकि मुख्यतः पारंपरिक आदर्शों और मूल्यों से बंधी थी, अतः उनकी भाषा लोक व्यवहार की समकालीन भाषा होते हुए भी अपनी जीवनी शक्ति अतीत से लेती थी। उनकी अति सूक्तिमत्ता स्वयं यह स्पष्ट करती है कि वे परीक्षित सामान्यीकरणों की हर चीज़ की पुष्टि के लिए प्रामाणिक मानते थे। यह प्रवृत्ति उनके प्रारंभिक काव्यों–जयद्रथ वध, भारत-भारती आदि–में सबसे अधिक है :

'परिणाम को सोचे बिना जो लोग करते काम हैं
वे दुःख में पड़ कर कभी पाते नहीं विश्राम हैं।' (जयद्रथ वध)

* * *

'हँसने लगा संसार उनको यार छोड़ गये सभी
लुच्चे-लफंगे भी किसी के मीत होते हैं कभी?' (भारत-भारती)

सूक्तियाँ समाज में परीक्षित अनुभवों और ज्ञान का निचोड़ होती हैं, जो आगामी पीढ़ियों को टकसाल के रूप में दे दी जाती हैं। यह बना-बनाया सांचा स्वयं खोज करने या संघर्षपूर्वक अनुभव प्राप्त करने की जगह आपो-आप सरलीकरण और किसी हद तक अंधविश्वास को जन्म देता है। लेकिन यहाँ यह कहने का आशय अनुभूति से कवि के संबंध को निर्धारित करने में सक्रिय मानसिकता की ओर इशारा करना भर है ताकि गुप्त जी के भाषिक-रूझानों को समझा जा सके। क्योंकि इस प्रवृत्ति को समय की सापेक्षता में भी देखना होगा।

काव्य-भाषा के आरंभिक दौर में, कवि के सम्मुख अभिव्यक्ति सबसे बड़ा संकट होता है। सूक्तिमत्ता उससे पार पाने का एक रास्ता भी है। क्योंकि जब तक काव्य-भाषा के अंतःस्त्राव नहीं खुलते; उसमें व्यंजना की परिपक्व प्रणाली विकसित नहीं होती तब तक कवि को काव्य-वस्तु की काव्य-भाषा में प्रस्तुति के लिए भाषा के अनेक ढले-ढलाए रूपों को स्वीकार करना पड़ता है। सूक्ति, लक्षणा का एक सरलीकृत माध्यम है जो पूर्वानुभवों के कारण सौ टंच खरा माना जाता है। इसलिए कवि अपने में सर्जनात्मक विश्वास जगाने के लिए, या प्रामाणिकता के बारे में निश्चित हो जाने के लिए यथावसर सूक्ति का आसरा ले लेता है।

हमारा युग भले ही गुप्त जी से ज्यादा फासले पर न हो, लेकिन समय की तीव्र गति के कारण हम उनसे काफी दूर निकल आये हैं। क्योंकि समय की गति नियमित नहीं, नैमित्तिक हुआ करती है। इस दृष्टि से बीसवीं शती के प्रारंभिक दो-ढाई दशकों में कवियों ने काव्य-भाषा निर्माण में जो कड़ा और सच्चा संघर्ष किया था, वह भले ही आज हमें मामूली और प्राथमिक दिखायी दे, परंतु तब वह मामूली नहीं था।

गुप्त जी ने काव्य-भाषा के निर्माण में जो प्रारंभिक काम किया, वह किसी-न-किसी को करना ही पड़ता, वे नहीं करते तो अगली पीढ़ी या उसके किसी कवि को करना पड़ता। इतनी निष्ठा, धीरज, समाई, स्वाभाविकता और गति से किसी और के हाथों वह हो पाता, इसमें शक है। इस नाते वे ठीक वक्त पर जन्मे सही कवि थे। हमें खुश होना चाहिए कि ऐसा नीरस, थका देने वाला और नींव में गड़ जाने वाला काम सही हाथों से सही वक्त पर संपन्न हुआ। परिणामस्वरूप ऐसा वातावरण बन गया कि अल्पावधि में ही, अर्थात् गुप्त जी के उद्भव के दस-पंद्रह वर्षों में ही तेजी से नयी प्रतिभाओं के अंकुर फूटने लगे। गद्य-भाषा को जबकि वह स्वयं व्याकृत होने के दौर में थे, काव्य-भाषा की दहलीज तक पहुँचाने और एक तत्पर पाठक समाज सहित उसे अगले कवि को सौंप देने से आगामी कविता का गृह-प्रवेश इतनी जल्दी अवश्यंभावी हो उठा। आप इसे अगले कवियों में उत्पन्न इतिवृत्तात्मकता और स्थूलता के खिलाफ कोफ्त कहें या जकड़बंदी तोड़ने की व्याकुलता; हर कहीं यह इतिहास दर्ज पायेंगे कि नयी काव्य-भाषा में दीक्षित, गंभीर और समुत्सुक पाठक-वर्ग सामने न होता तो कवि की निगाह किस पर पड़ती, किसके लिए रूढ़ियाँ तोड़ी जातीं, खुला आसमान दिया जाता और आगामी युग का जन्मोत्सव मनाया जाता? रचना के लिए जन-रुचि और जनास्वाद इस तरह जुटा पाना कि उसकी रस-विरलता और शिल्पगत खामियों को जन अपनी संवेदनात्मक सृजनशीलता से भरने के लिए तैयार हो जाये, किसी भी कवि का मामूली दाय नहीं होता। वह भले ही कवियों का कवि न हो, वह लोक कवि यानी लोक को कवि बनाने वाला कवि होता है। एक समूचे भाषा-समाज को पारंपरिक भाषा-मोहिनी से तोड़कर नयी भाषा में दीक्षित और अनुप्राणित कर अगली व्यंजकताओं के लिए सौंपना अविस्मरणीय ऐतिहासिक अवदान होता है।

इस संदर्भ में एक जिज्ञासा का निपटारा करना भी ज़रूरी है। वस्तुतः द्विवेदी युग में केवल गुप्त जी ही नहीं, कोई एक दर्जन महत्त्वपूर्ण कवि खड़ी बोली में कविता कर रहे थे। क्या काव्य-भाषा के निर्माण में उनकी भूमिका नहीं थी? थी, और यह भी सही है कि उनमें से अनेक काव्य-प्रतिभा की दृष्टि से, गुप्त जी से

श्रेष्ठ थे। परंतु इनमें शायद ही ऐसी कोई कवि हो, जिसकी काव्य-भाषा के रूप में, एकमात्र खड़ी बोली पर आद्यंत अडिग रही हो। (यह बात खास तौर से उन कवियों के बारे में कही जा रही है जो काव्यारंभ में गुप्त जी के साथ या उनके पूर्ववर्ती थे।) शैली की दृष्टि से भी वे प्रायः ब्रजभाषा या संस्कृत छंदों या उर्दू प्रभावित शैली में रचनाएँ करते थे। विषय-वस्तु की दृष्टि से भी किसी ने राष्ट्र की बहुमुखी समग्रता को इतनी विपुलता से संजोकर, व्यापक आस्वाद का काव्य-फलक तैयार नहीं किया था, उनके प्रयास प्रायः बिखरे और आंशिक थे। द्विवेदी जी द्वारा स्थापित काव्यादर्श (जो युगादर्श भी थे) में इतनी समर्पणमयी आस्था किसी और की नहीं थी। वर्तमान के अनुकूल जातीय-वृत्त चेतना का ऐसा विराट् अन्वेषण और आयोजन भी किसी और ने नहीं किया था। अतः इन तमाम मामलों में अधिकांश तत्कालीन पाठक वर्ग मुख्यतः गुप्त जी पर निर्भर था। वे ही उन्हें सर्वाधिक व्यापक, पूज्य, प्रिय और विश्वसनीय लगे थे। आगामी कवियों की प्रेरणा, तिरस्कार या चुनौती के केंद्र भी गुप्त जी ही रहे, उन्हीं के कारण उस युग को इतिवृत्तात्मकता का फतवा दिया गया और यहाँ भी उस युग को 'नवशास्त्रवादी युग' उन्हीं को ध्यान में रखकर कहा गया है। इसलिए अन्य कवियों के प्रयासों और अवदानों की काव्य-भाषा रचना में भूमिका स्वीकार करते हुए भी केंद्र-पुरुष गुप्त जी ही ठहरते हैं। तत्कालीन पत्रिकाओं में प्रकाशित रचनाओं को देखने पर भी ऐसा लगे बिना नहीं रहता कि गुप्त जी के समकालीन तक उनसे भाषा और वस्तु की दीक्षा लेते थे।

यह भी उल्लेखनीय है कि अन्य कवियों के खड़ी बोली में सक्रिय रहने के बावजूद 1910 में प्रकाशित गुप्त जी का प्रबंध काव्य 'जयद्रथ वध' ही खड़ी बोली का रोमांचक प्रस्थान साबित हुआ। फिर, ऐसा क्षण 'आँसू' के प्रकाशन के समय आया, यद्यपि इस बीच पंत और निराला की रचनाओं के अलावा प्रसाद के भी 2-3 काव्य प्रकाशित हो चुके थे। परंतु छायावादी अभिव्यंजना शिल्प और अनुभूति का वास्तविक प्रस्थान 'आँसू' ही था। इसलिए गुप्त जी के भाषिक अवदान की सीमा 1905 से 1925 के बीच निर्धारित की जानी चाहिए। यानी यही, उनके अवदान का केंद्रीय युग है। क्योंकि इसके बाद तो इस क्षेत्र में उन्हें देना कम और लेना अधिक था। आगे भी वे बराबर लिखते रहे, लेकिन यह उनकी जीवट और जिजीविषा थी। क्योंकि तब उनका वास्तविक अग्रगामी काम परवर्ती कवि कर रहे थे। स्वयं वे आगामी काव्य-परंपरा में तिरोहित हो चुके थे। रचनाकार के रूप में उनकी सक्रिय और भौतिक उपस्थिति प्रायः औपचारिक थी। वस्तुतः कवि के वास्तविक अवदान को उनकी सर्जना के केंद्रीय युग या उस युग तक परखा जाता है जहाँ जाकर उसका

सार्थक और रचनात्मक दाय और हस्तक्षेप निश्चित हो जाता है और इससे अधिक की उम्मीद उससे नहीं की जाती। गुप्त जी के अवमूल्यन का एक बड़ा कारण यह है कि उनके लेखन की निरंतरता को उनकी सक्रिय रचनात्मक उपस्थिति मान कर, उन्हें आगामी युगों की सापेक्षता में देखने की आदत बना ली गयी है—ज़ाहिर है कि इससे कई गड़बड़ियाँ होनी थीं और हुईं।

गुप्त जी के भाषिक अवदान पर आगे बात करने से पहले यह कहना, वर्तमान संदर्भ में, आवश्यक है कि उनकी काव्य-भाषा पर आज की परिष्कृत और महीन तकनीकी पद्धति में बात करने से काल-व्यभिचारी चर्चा की उक्त गड़बड़ियों की पुनरावृत्ति होगी और उनका वास्तविक भाषिक-संघर्ष, तथा विशिष्ट योगदान, अनपहचाना और विफल हो जायेगा। भले ही गुप्त जी की भाषिक क्षमता सीमित हो, उनमें प्रतिभा की जगह मेहनत का अनुपात ज्यादा हो, ऊर्जा और गति की जगह ठहराव अधिक हो, उनकी भाषा 'दुहाजू की बीवी' ही क्यों न हो (हालाँकि सिर्फ़ ऐसा नहीं, और अगर हो) तब भी वह ऐतिहासिक युग-धर्म का अग्रगामी संकल्प था, बुनियादी और महत्त्व का काम था। 'भारत-भारती' में बदले हुए समय के बारे में उन्होंने कहा है कि कहाँ तो वह जमाना था कि एक रुपये के आठ मन चावल मिलते थे और कहाँ यह समय आ गया कि आठ सेर मिलते हैं। भला बताइए कि इस आठ रूपये किलो चावल के जमाने से हम एक रुपये के आठ सेर वाले चावल-युग को जाँचने चलेंगे तो किसी सही नतीजे पर पहुँच पायेंगे।

गुप्त जी की 'उक्त समयावधि' में निम्नांकित रचनाएँ प्रकाशित हुईं—रंग में भंग, जयद्रथ वध, भारत-भारती, पद्य-प्रबंध, तिलोत्तमा, चंद्रहास, किसान, वैतालिक, शकुंतला, पत्रावली, पंचवटी, अनद्य और स्वदेश संगीत। साकेत 1929 में प्रकाशित हुआ, परंतु इतिहासकारों के अनुसार उसका अधिकांश भाग 1925 तक लिख लिया गया था। इन रचनाओं में गुप्त जी के सारे भाषिक और वस्तुगत रंग मौजूद हैं। कथापरक और कथाहीन रचनाएँ, ख्यात और कल्पित वृत्त, काव्य नाटक, आत्मपरक और संवाद प्रधान रचनाएँ इस दौर में लिख दी गयी थीं। कुल मिलाकर गुप्त जी की सामाजिक, राष्ट्रीय, पारंपरिक और मूल्यपरक अवधारणाओं के साथ ही भाषिक और छांदस प्रवृत्तियों के सारे रंग-भेद और विविधता इस युग में विद्यमान है। अत: परिणाम और गुण दोनों दृष्टियों से उनका अवदान इस युग तक मान लेने में कोई व्यावहारिक बाधा नहीं है।

गुप्त जी के अध्येताओं का सम्मान करते हुए भी मुझे कहना पड़ेगा कि उन्होंने भाषिक दृष्टि से 1925 तक के युग को प्रारंभिक और बाद के समय को विकास

के क्रमशः दो अग्रिम सोपान मानकर ऐसी सरल दृष्टि का परिचय दिया है जिसके अनुसार हर अगली रचना का अर्थ अग्रगामिता और बढ़ती वय का अर्थ परिपक्वता होता है। वास्तव में गुप्त जी; अनुभूति, विचार, आदर्श, भाषा आदि समस्त दृष्टियों से आजीवन प्रायः उसी युग में बने रहे जिसे विद्वानों ने उनका प्रारंभिक युग-माना है। मुझे नहीं लगता कि विचार, भाषा और मूल्य किसी भी स्तर पर जय-भारत या विष्णु प्रिया को, भारत-भारती, जयद्रथ वध, पंचवटी और साकेत से उत्कर्षपरक विकास माना जा सकता है। भाषिक दृष्टि से 1925 तक की रचनाओं में तो ऊर्ध्वाधर (Vertical) और क्षैतिज (Horizontal) दोनों विकास स्पष्ट दिखायी देते हैं, लेकिन इसके बाद यह विकास प्रायः क्षैतिज विकास तक सीमित रह जाता है। भाषा को जितना प्रायोगिक, विस्फोटक, गतिशील, व्यंजक और मुक्त बनाना उनके लिए संभव था, वे इस युग तक प्रायः कर चुके थे। बाद में तो उनकी भाषा परिष्कृत हुई, उसमें अर्थ विस्तार और सांस्कृतिक वैभव की अभिवृद्धि हुई, अनुभव और अध्ययन-संसार का विस्तार हुआ, अलंकरण अधिक सटीक हुए, सूक्तिमत्ता कम हुई और लयात्मकता बढ़ी–लेकिन यह ऊर्ध्व नहीं क्षैतिज विकास है; अर्थात् गुप्त जी के सृजन का 'प्रथम युग' उनके भाषिक उन्नयन का भी चरम युग है।

साधना का पहला चरण मूर्त्त की उपासना होता है, फिर भले ही वह अमूर्त्त तक पहुँच जाये। गुप्त जी की काव्य-साधना भी शब्द की मूर्त्त उपासना से शुरू होती है। उनकी पहली समस्या भाषा की संपूर्ण आवयविक उपलब्धि की थी। ऐसी स्थिति में भाषा की सत्ता शब्दकोश से निर्धारित और व्याकरण से विन्यस्त होती है। कल्पना, संकेत या अप्रत्याशित की कोई भूमिका इसके परे निर्धारित नहीं होती, जबकि शब्द के काव्यात्मक होने की प्रतिभूमि कोश नहीं देता–वह उसके सही होने भर को प्रमाणित करता है। यानी जो कहा गया है--वही कहना है–अभिधा मात्र इसका आश्वासन देती है। कवि की इच्छा और अभिव्यक्ति के बीच वहाँ न कोई फासला होता है न पर्दा, किसी वैकल्पिक या द्विधा ग्रस्त अर्थ की भी वहाँ कोई संभावना नहीं रहती। यही भाषा का स्थूल, सपाट, इकहरा या अभिधा-स्वरूप है, जिसका आरोप गुप्त जी पर लगाया जाता है। दूर तक यह आरोप गलत है भी नहीं, परंतु यह विश्लेषण से रहित सरलीकृत आरोप है। क्योंकि इसके पीछे परिनिष्ठित भाषा-युग की दृष्टि सक्रिय है।

आप कल्पना कीजिए कि गुप्त जी ने अपना लेखन कहाँ से शुरू किया था? अभिव्यक्ति को पुकारते हुए उनके पास कैसे बेढब और खिचड़ी शब्द आते थे? उन्हें नये ढंग से व्याकृत और नियोजित करने में कौन-कौन-सी परंपराएँ दखल दे

रही थीं? कहाँ तो निराला 'जूही की कली' से अपने काव्य और भाषा की शुरुआत करते हैं और कहाँ मैथिलीशरण गुप्त ऐसे पद्य से :

'ओढ़े दुशाले अति उष्ण अंग
धारें गरु वस्त्र हिये उमंग
तो भी करें हैं सब लोग सी-सी
हेमंत में हाथ कंपे बतीसी।' (हेमंत, 1905)

(उमाकांत : मैथिलीशरण गुप्त : कवि और भारतीय संस्कृति आख्याता, पृ० 310-11, से आभार पूर्वक)

यात्रा का यह बीहड़ प्रारंभ, कितने प्रांतरों को पार करता हुआ, एक समृद्ध और परिष्कृत संसार तक पहुँचता है—उसे नज़रअंदाज करके, हम मानवीय यात्रा के संघर्षशील विकास को ही नज़रअंदाज करते हैं। इसलिए गुप्त जी और उनके बहाने से तमाम भाषिक खामियों पर चर्चा करते हुए भी—इस संघर्ष की अनदेखी नहीं की जा सकती।

तत्कालीन भाषिक परिवेश की पहले भी चर्चा की जा चुकी है, गुप्त जी उससे मुक्त होना चाहते हुए अगर खड़ी बोली की विरासत के रूप में संस्कृत का आश्रय लेना चाहते, तब भी उनके आगे, खड़ी बोली की संरचना में ऐसी काव्य-भाषा के उदाहरण थे :

'दिव्य दिनारि की गोद का लाल-सा
या प्रखर भूख की यातना से प्रहित
पारणा रस-रक्त लिप्सु अन्वेषणा
युक्त क्रीड़ना सफल मृगराज शिशु'

(श्रीधर पाठक : सांध्य अटन)

कृत्रिमता और प्रदर्शन की ऐसी प्रवृत्तियों से गुप्त जी ने हिंदी काव्य का पीछा छुड़ाया। संस्कृत, उर्दू और बोलचाल की हिन्दी के संयोजन से उन्होंने काव्य-भाषा का वाचिक स्वरूप रचा। उक्त पंक्तियों के संदर्भ में गुप्त जी की निम्नांकित पंक्तियाँ रखने पर उनका महत्त्व समझ में आता है :

'आते बुरे दिन बीतने पर मनुज के जग में जहाँ
जाते हुए कोई न कोई दुःख दे जाते वहाँ।'

* * *

'उस काल मारे क्रोध के तनु कांपने उनका लगा
मानो हवा के जोर से सोता हुआ सागर जगा।' (जयद्रथ वध)

अगर हम अन्य भाषाओं के काव्य पर भी दृष्टि डालें तो हमें विदित होता है कि काव्य-भाषा के प्रारंभिक दौर में अभिधा वृत्ति और सरल वर्णन की प्रधानता होती है। संस्कृत के आदि वाल्मीकि के काव्य में सीधा-सहज दो टूक वर्णन है, इतिवृत्त प्रायः निरलंकृत, सरल परिपाटी में जारी रहता है, जबकि कालिदास तक आते-आते काव्य-भाषा, अलंकृत, व्यंजक और रमणीय हो उठती है। अँग्रेज़ी के प्रारंभिक कवि चॉसर और स्पेंसर में भी अभिधा वृत्ति, भाषा का अनगढ़ रूप, वर्णन-बहुलता आदि है। यहाँ विभिन्न काव्य-भाषाओं के आरंभिक कवियों से गुप्त जी की तुलना करना मेरा उद्देश्य नहीं है, क्योंकि भाषा के सीमित और प्राथमिक उपादानों के बावजूद हर कवि अपने कृतित्व को प्रतिभा, अंतर-स्पर्श और विलक्षणता से दीप्त करता है। मैं केवल प्रारंभ की दशा और कठिनाइयों का उल्लेख कर रहा हूँ। ज़ाहिर है कि इस दौर में अभिधा और इतिवृत्त के सहारे गुप्त जी ने प्रमाणों, सूक्तियों, उपदेशों, अंत्यानुप्रासों, छंदों की नपी-तुली यति-गति में, कहीं प्रबोधते, कहीं झिड़कते, कहीं धीरज बंधाते हुए जिस नयी काव्य-भाषा के पैर जमाये उनका भारी हो जाना स्वाभाविक था। इसका एक पक्ष पाठकीय भी है। काव्य-भाषा सिर्फ़ कवि के लिए ही नहीं पाठक के लिए भी प्रारंभिक होती है। इस दौर में लाक्षणिकता, व्यंजकता, जटिलता आदि भाषा की वक्र पद्धति की अपेक्षा इकहरी, सीधी, सरल, सूक्त, उपदेशपरक भाषा और विन्यास कविता में पाठक के प्रवेश का भी प्राथमिक द्वार होता है। फिर भी लगता है कि यह सीमा या विवशता गुप्त जी की ही अधिक थी, अन्यथा पाठक या कवि की विकसित अवस्था में तो ऐसे प्रमाण अवश्य मिलते थे, जिनसे लगता कि ऐसा प्रारंभिक अवस्था में हुआ है। ज़ाहिर है कि पाठक को नये आस्वादन के द्वार तक पहुँचा देने पर भी गुप्त जी उनकी तुलना में प्रायः द्वार पर खड़े रहे, जबकि पाठक मंज़िल-दर-मंज़िल पार करता चला गया; अर्थात् पाठक की दृष्टि से उनका अवदान यहीं तक सीमित था।

यह ठीक है कि गुप्त जी ने प्रारंभ में शब्द की सत्ता को शब्दकोश की स्वीकृत अर्थसत्ता में पहचाना, परंतु संस्कृति, इतिहास, लोक और राष्ट्रीय जीवन के गहरे सान्निध्य के कारण उनकी भाषा ने उस सीमा से निकलने की कोशिश भी की और अपने को गहराने और समृद्ध करने की भी। भाषा में संस्कृति और परंपरा के स्पर्श से उत्पन्न अर्थ-गांभीर्य और व्यापकता का रूप यदि 'जयद्रथ वध' में देखने को मिलता है तो लोक-संपर्क से सजीव रूप 'भारत-भारती' में। विस्तार में न जाकर कुछ उदाहरण दूँगा। 'जयद्रथ वध' में द्रोणाचार्य को अन्याय का पक्ष लेते देखकर अभिमन्यु कहता है :

'हैं नीच ये सब शूर, पर आचार्य्य तुम आचार्य्य हो।
वर वीर विद्या-विज्ञ मेरे, तात-शिक्षक आर्य्य हो॥'

अभिमन्यु की नैतिक अपील की भाषा एक ओर अन्यायियों के प्रति तीव्र घृणा से प्रेरित है तो दूसरी ओर द्रोणाचार्य के नैतिक संवेदनों को जगाने के लिए समस्त सांस्कृतिक और पारंपरिक अर्थों का वहन करती है। 'आचार्य्य', 'विद्या-विज्ञ', वर-वीर (नीच शूरों का विपरीतार्थक), तात-शिक्षक, आर्य्य–सभी शब्द मात्र अभिधा नहीं, बल्कि सांस्कृतिक संलग्नता के कारण लाक्षणिक और व्यंग्य बन गये हैं। इनके अर्थ वहाँ तक आते हैं, जहाँ तक पाठक की सामर्थ्य जा सकती है। 'भारत-भारती' की ये पंक्तियाँ देखें :

'बरसा रहा है रवि अनल भू तल तवा-सा जल रहा
है चल रहा सन सन पवन तन से पसीना ढल रहा।
देखो, कृषक शोणित सुखाकर हल तथापि चला रहे,
किस लोभ से इस आँच में वे निज शरीर सुखा रहे।'

रवि अनल बरसा रहा है, भूतल तवा-सा जल रहा है, पवन सन-सन चलता है, पता नहीं किस लोभ से किसान आँच में शरीर सुखा रहे हैं? यह संपूर्ण भाषिक चयन और संयोजन शब्द की सांकेतिक शक्ति से परिपूर्ण है। मुहावरे से संपन्न ये पंक्तियाँ कृषक के संघर्ष को तीव्र प्रभाव से संप्रेषित करती हैं। पवन के सन-सन चलने में ध्वनि-बिंब है, पसीना बहता नहीं, ढलता है। ढलना द्व्यर्थक है, लेकिन श्लेष अलंकार को निरूपित करने वाला नहीं, व्यंजनार्थ व्यक्त करने वाला। क्योंकि गुप्त जी की प्रारंभिक भाषा-सामर्थ्य को देखते हुए इसकी जगह 'बह रहा' शब्द की उम्मीद की जा सकती थी, लेकिन इस शब्द से पसीने का ढलकर अन्न बनना भी व्यंजित है। आँच की जगह अगर ताप शब्द होता तो अभिधा हो जाती, आँच में ऊर्जा की प्रखरता और दीप्ति भी है। 'लोभ' केवल प्रश्नवाचक ही नहीं, बल्कि व्यंजित करता है कि किसान को पता है कि इस भयंकर ग्रीष्म में हल चलाकर उसे कुछ भी हासिल नहीं होना है। शायद वह संसार के लिए भोजन मुहैया करने के 'लोभ' में शरीर सुखा रहा है। इसलिए लोभ न प्रश्नवाचक है न उसका वही अर्थ है जो लोभ का होता है। एक ही छंद में टकसाली भाषा के साथ काव्यार्थ को लक्षित और व्यंजित करने वाली भाषा का बाहुल्य, निश्चय ही कवि का भाषिक सामर्थ्य अविश्वसनीय नहीं रहने देता।

घटनापरकता या कथात्मकता गुप्त जी का मुख्य उपजीव्य रही है; अर्थात् वह उनके कथ्य का औपाचारिक माध्यम भर नहीं रही, बल्कि ऐसा प्रतिमान बनी,

जिसमें से स्वयं ऐसे कथ्य फूटते हैं जो उनके अभिप्राय की पूर्ति करते हैं। पंचवटी की राम-कथा से 'राम की शक्ति-पूजा' या 'संशय की एक रात' से राम-कथा की तुलना करने से यह बात स्पष्ट हो जाती है। मानवीय संबंधों, मनुष्य और प्रकृति के संबंधों, स्वभावों के वैचित्र्य रोचकता, जीवंतता, आदर्श, उपदेश वगैरह सब उन्हें कथा के सहारे व्यक्त करना अधिक सुविधाजनक और अनुकूल लगा है। यहाँ काव्य-भाषा का चयन और प्रस्तुति में भी विशेष स्वाभाविकता, गरिमा, दीप्ति और काट पैदा हुई है। एक उदाहरण भारत-भारती से लें। 'अतीत खंड' में वे पूर्व काल की स्त्रियों का वर्णन करते हुए, आधुनिकताओं पर जिस भाषा में व्यंग्य करते हैं वह उनके इतिहास-बोध से उत्पन्न हुई है, उसी की प्रेरणा से वे कटाक्ष कर सके हैं :

'हैं प्रीति और पवित्रता की मूर्ति-सी नारियाँ,
हैं गेह में वे शक्तिरूपा, देह में सुकुमारियाँ।
गृहिणी तथा मंत्री स्वपति की शिक्षिता हैं वे सती,
ऐसी नहीं हैं वे कि जैसी आज कल की श्रीमति।'

यह अंश मैंने खास तौर से उद्धृत किया है क्योंकि इसमें कथा का बाह्य स्वरूप नहीं हैं, लेकिन कथा, इतिहास, संस्कृति आदि का बोध सिर्फ़ अंतर्हित ओर सांकेतिक न होकर चरित्रों और कथाओं के रूप में हमारे सामने आता है। हमें सहसा कालिदास की सुदक्षिणा याद हो आती है जिसके बारे में कहा गया है : 'गृहिणी सचिव : मिथः सखी/प्रिय शिष्या ललितैकला विधौ।' कालिदास में गुण, स्वभाव, कर्म और संबंध उभरते हैं, जबकि गुप्त जी के उक्त कथन से वे चरित्र और कथाएँ उभरती हैं जिनमें ये गुण निहित हैं—यही आधारभूत अंतर उनके वृत्त-बोधी भाषिक चरित्र में भी है। इतनी यात्रा कर लेने के बाद जब वे आजकल की 'श्रीमती' शब्द जड़ते हैं, तो वह पूरे अतीत को चमकाकर स्वयं व्यंग्य हो उठता है। व्यंजना के अर्थ में भी। और प्रचलित व्यंग्य के अर्थ में भी और आगे बढ़ें तो 'विडंबना' के अर्थ में भी कथा के दौर में जारी चरित्र या प्रसंग गुप्त जी के सर्जनात्मक अनुभव में उतर जाते हैं, इससे उनकी भाषा में दीप्ति, चमत्कृति और प्रवाह उत्पन्न होता है। जयद्रथ वध का एक प्रसंग देखें :

'जिस भाँति विद्युद्दाम से होती सुशोभित घन घटा
सर्वत्र छिटकाने लगा वह समर में शस्त्रच्छटा।'

अभिमन्यु में कुटिल नहीं, सात्त्विक वीरता और ऊर्जा है। उसके इस चकाचौंधी (विद्युद्दाम) कर्म में भी मांगलिकता निहित है। उसकी ताजगी, यौवन, परिपक्व

युद्धोत्साह–सब कुछ इस भाषा द्वारा संप्रेषित हैं। यहीं याद आता है कि 'किसी' पंडित ने अपने पृथुल ग्रंथ में गुप्त जी के कठिन सामासिक शब्दों की सूची देते हुए 'शस्त्रच्छटा' शब्द भी गिनाया है। मुझे नहीं मालूम कि युद्ध के इस प्रसंग में, इससे अच्छा वैकल्पिक शब्द कौन-सा होता? असल बात यह है कि यहाँ यह शब्द वही है जिसे काव्य का 'एक मात्र शब्द' कहा जाता है। गुप्त जी जैसे कवि ने जो कई बार भाषा का अपव्यय करते हैं, यहाँ संस्कृत की सामासिकता का लाभ उठाते हुए जो शब्द रचा है, वह अद्वितीय और अपरिहार्य है। ख़ैर, कथा में गुंथे हुए चरित्र, गुप्त जी की काव्य-भाषा को उत्सर्जन देते हैं। पंचवटी के संदर्भ में मैंने लक्ष्मण का यह कथन अन्यत्र उद्धृत किया है–'बहु विवाह विभ्राट क्या कहूँ। भद्रे, मुझको क्षमा करो।' ऐसे इतिहास का स्मरण जो विस्मरण के योग्य है, जिसमें अनुशय और ग्लानि छिपी हुई है, उसे इसके अलावा कौन-सी बेहतर काव्य-भाषा में गुप्त जी द्वारा व्यक्त किया जा सकता था? 'क्षमा करो' और 'क्या कहूँ' भी अद्वितीय काव्य-शब्द हैं। साकेत में कैकेयी का कथन 'भरत जायेगा प्रथम और यह मैं जाऊँगी।' मैं 'यह' शब्द सर्वाधिक काव्यमय है, क्योंकि प्रासंगिक अर्थ के अलावा वह उसके पुराने कलंक का दृढ़ता से वारण भी करता है।

लेकिन जहाँ कथा, घटना या प्रसंग का सहारा छूट जाता है, गुप्त जी का कवि काफी बदहवास, रैटारिक या शुष्क हो उठता है। भारत-भारती में यद्यपि कई जगह कथा का अंत:सूत्र है, फिर भी कहीं-कहीं उसका सहारा छूट गया है। इसलिए उसमें 'जयद्रथ वध' की तुलना में, परवर्ती होने पर भी, कई स्थानों पर शुष्क व्याख्यान हैं और कुल मिलाकर काव्य-भाषा की न्यूनता है। विचार, उपदेश, तुलना, अपेक्षा, आत्मगौरव, बलिदान, राष्ट्रीयता, वर्तमान-हीनता जैसे विषय अत्यंत सपाट और शुष्क कथनों के रूप में आये हैं। परिणामत: भाषा एकरस या नीरस, इकहरी, उपदेशमूलक और स्पष्ट व्याख्यानकारी है। अगर यहाँ कथापरक मानवीय संबंधों और चरित्रों की धारावाहिक भूमियाँ होतीं तो गुप्त जी इस तरह जमीन पर नाव नहीं घसीटते। ज़ाहिर है कि गुप्त जी की काव्य-भाषा की बनावट का पूरा तंत्र इतिवृत्तात्मकता में अधिक सक्रिय हो उठता है। अनुभूति में अकेले ठहर सकने, उससे स्वायत्त संबंध स्थापित करने, उसे मार्मिक बिंबों और रमणीय व्यंजनाओं में उकेरने में वे अक्सर ही अशक्त प्रतीत होते हैं। स्वयं उनके व्यक्तित्व और तद्‌युगीन पाठकीय ग्राहकता में अनुभूति और अंतश्चेतना का आंतरिक संघर्ष उतना नहीं था, जितना मुखर आदर्शवादिता, आत्मपीड़न, आशा, उत्साह आदि का दबाव। इसीलिए भाषिक स्तर पर कवि को भाव से नये शब्द-संबंध, शब्द से तनाव के रिश्ते, साक्षात्कार के अंतर्बोध आदि की

अभिव्यक्ति का सौभाग्य बहुत कम मिल सका। फिर भी कविता या सर्जना का एक स्वभाव और चरित्र होता है कि यदि कोई उसे समर्पित हो जाये तो कभी-कभार वह भी उसे अपनी गहरी, गुप्त छवि का साक्षात्कार करा ही देती है। गुप्त छवि का साक्षात्कार करा ही देती है। गुप्त जी के भीतर काव्यत्व के मार्मिक चिह्न उन्हीं क्षणों के अवदान हैं।

1925 तक की कृतियों में से ही दो-एक उदाहरणों द्वारा यह संकेत कर देना पर्याप्त होगा कि गुप्त जी ने कौन से मर्मव्यंजक उपादान (अल्पपरिमाण में ही सही) आगामी पीढ़ी को सौंपे हैं?

1. **हे उत्तरा के धन रहो तुम उत्तरा के पास ही**
2. **पर अश्रु जल अवरुद्ध उसकी दृष्टि ने मानो कहा**
   अब और क्या इस दुःखिनी को देखना बाकी रहा? (जयद्रथ वध)
3. **अखिलेश की उस आर्तिहरिणी आरती को देख लो।**
   असमर्थ, मूक समान, मुखरा भारती को देख लो। (भारत-भारती)
4. **जिधर देखो झां झां, भां भां है,**
   सुनायी पड़ती बस सां सां है। (अनघ)

पहले उद्धरण में अन्य पुरुष की तरह स्वयं को देखती हुई उत्तरा, पति अभिमन्यु को युद्ध में जाने से आग्रहपूर्वक रोकते हुए भी अपनी भीरुता या हठधर्मी प्रकट नहीं करती। यहाँ भाषिक संकेत विलक्षण है। 'धन' संपत्ति भी है और 'पति' भी। उत्तरा पत्नी भी है और उत्तर दिशा भी। यदि 'उत्तरा' का धन उसके पास न रहेगा तो वह 'दक्षिणा'–(दक्षिण-दिशा) का हो जायेगा। दक्षिण दिशा, मृत्यु दिशा है क्योंकि उसका स्वामी यम है। उत्तरा को लगता है कि आज उससे बिछुड़ा पति फिर उसे नहीं मिलेगा। भाषा का चयन और संरचना के भीतर आशंका का यह दंश ठीक से महसूस किया जा सकता है। इस कथन की इससे भिन्न, भावुक या आदर्शपरक व्याख्या नहीं की जा सकती। संभव है रचना के समय गुप्त जी के मन में इसका महज साधारण अर्थ रहा हो, और जैसा कि लोगों ने इसे समझा है, यह कवि के लिए भी मात्र आलंकारिक प्रयोग हो। परंतु अनुभूति का तीव्र क्षण स्वयं 'वाक्' होता है। वह इतना संश्लिष्ट होता है कि कवि के संपूर्ण संस्कार, क्षमताएँ, ज्ञान, चेतना–यानी उसका समग्र, इस क्षण में एकाग्र होकर भाषिक हो उठता है। इस क्षण में जो रचना प्रकट होती है संभव है कि उसका आभास भी कवि को न होता हो। इसलिए कवि की रचना से अनेक व्याख्याएँ, अनेक तात्पर्य और अनेक तरह के बोध उद्भूत होते हैं। गुप्त जी के भीतर संस्कृति,

करुणा और नैतिक चेतना के केंद्र बड़े सबल हैं, इसलिए अनुभूति की तीव्रता में वे बहुत सक्रिय हो उठते हैं, जिनसे व्यक्त भाषिक सत्ता नये अर्थों से अनुप्राणित हो जाती है। दूसरे उदाहरण में शोक की पराकाष्ठा है। उत्तरा की आँखें 'अन्य पुरुष' के स्तर पर अनुभूत सत्य को स्वयं देख लेती है। अगर यहाँ केवल यही अर्थ लिया जाये कि अश्रु-जल से दृष्टि अवरुद्ध है या यह कि जो देखा है अब उसके बाद क्या देखना बाकी रहा है? तो संभवत: उसकी व्यंजना को कम आँका जायेगा क्योंकि वास्तविक अर्थ और भी दूर जाता है, जो भारतीय नारी की शोकांतकी का निर्धारक है। उसकी नियति को व्याख्यायित करने वाला है; अर्थात् अश्रु विजड़ित दृष्टि उत्तरा के जीवन में दु:ख को स्थिर सत्य की तरह परिभाषित कर रही है—उसका आगामी जीवन शोक-बद्ध, शोक-प्लावित रहेगा—इन आँसुओं भरी आँखों ने यह तर कर लिया है—जो इसके आगे कुछ नहीं देख रही हैं। तीसरे उद्धरण में राष्ट्र के दुर्दिन में कवि की राष्ट्रभक्ति गुहार कर रही है। यहाँ 'भारती'—भारत माँ भी है और सरस्वती भी। वह अखिलेश की आरती है, क्योंकि 'वसुधैव कुटुंबकम् उसकी भावभूमि है। यह आरती ही नहीं, आर्तिहरिणी आरती है—संसार की आर्तता हरनेवाली क्षेमकारी आरती, जो जहाँ क्षुधार्त, तृषार्त, व्यथार्त है—उसकी पीड़ा हरने के लिए उसने अपने को जलाया है। वही आज असमर्थ और मूक है—'मौन' नहीं 'मूक'—जिसके भीतर अभिव्यक्ति की अपार विह्वलता है, फिर भी वह असमर्थ है। 'मुखरा' का काव्यार्थ यही नहीं है कि जो कभी 'मुखरा' थी, वह आज मूक है, बल्कि यह है कि उसकी मूकता और असमर्थता ही आज उसकी चरम अभिव्यक्ति चरम मुखरता है—इसी मूकता ने वह सारी पीड़ा, वे तमाम बंधन, यातनाएँ कह दी हैं जो शब्द में नहीं कही जा सकतीं। चौथा उद्धरण 'अनघ' का है। यह गीति नाट्य है। 'मुखिया', 'मघ' को जाने से रोकने के लिए कड़ी धूप का भय दिखा रहा है। भय की इस भाषा में लोक-भाषा की ध्वनियाँ सजीव और काव्यमय इसलिए है कि यहाँ मात्र ग्रीष्म-उत्ताप का वर्णन नहीं है, उस वर्णन के पीछे प्रयोजन 'मघ' को रोकना है। अत: व्यंजना उत्पन्न हो गयी है गुप्त जी के इधर के काव्यों में सहज, संक्षिप्त संवाद और जन-भाषा, जन-मुहावरे का सर्वाधिक प्रयोग 'अनघ' में हुआ है। इस दृष्टि से इसकी भाषा का तेवर अलग है। पत्रावली में एक खास तरह की आत्मपरक पद्धति है।

संक्षेप में भाषा के सामान्य इतिवृत्तात्मक, अभिधापरक स्वाभाविक उपयोग से लगाकर लक्षणा और व्यंजना के ऐसे उदाहरण गुप्त जी का दाय हैं जो भाषिक स्तर पर उन्होंने आगामी पीढ़ी को दिया। जहाँ भाषा के इतने विविध प्रयोग हैं,

(स्थूल-सरल अभिव्यक्ति के बावजूद,) वहीं कहीं इतनी गहरी अर्थवत्ता, वक्रता और व्यंजना है कि भले गुप्त जी को पूरा पढ़ते हुए बीच-बीच में चमकने वाले ये अंश पाठ की दृष्टि से ओझल हो जायें, लेकिन आगामी सर्जक-चेतना के लिए वे महत्त्वपूर्ण संकेत थे। अपनी विरल प्रतिभा से आगामी कवियों ने इस भाषा-दाय का अत्यंत गहराई, व्यापकता और सामर्थ्य से विकास किया। ऊपर के कुछ उदाहरणों से यह भी स्पष्ट होता है कि गुप्त जी के अवदान की, खास कर भाषिक अवदान की–जो आत्यंतिक उपेक्षा की गयी, वह कितनी अनैतिहासिक और तथ्य विरोधी है? केवल 'पंचवटी' को ही इस धारणा के प्रमाण में रखा जा सकता है कि अगर गुप्त जी पर बाह्य और आंतरिक अनुशासन इतना अधिक न होता, तो संभवतः वे काफी हद तक ऐसी शिकायतों के पात्र नहीं होते।

कुछ लोग गुप्त जी के काव्य से जटिल सामासिक पद–विन्यास की त्रुटियाँ बेढंगी तुकों के उदाहरण (जो उनमें उपलब्ध हैं इससे इनकार नहीं है) देकर जो कुछ सिद्ध करना चाहते हैं वह उनके समग्र काव्य से सिद्ध नहीं होता। उल्टे ब्रज, उर्दू, संस्कृत से बोझिल, परिपाटीग्रस्त छंदो में विन्यस्त, कृत्रिम भाषा के प्रभाव को नष्ट करते हुए सरल, लोक मुहावरेदार और हिंदी के विविध छंदों में रचित काव्य को उस परिवेश में देख पाना पाठक के लिए एक सुखद और प्रिय अनुभव था। इतना अवश्य है कि गुप्त जी की सरलता या प्रासंगिकता, न तो हर जगह सपाट और इकहरेपन से मुक्त है और न उनमें वह सहज गांभीर्य प्रायः मिलता है, जो प्रतिभा, अनुभूति और विचार की धारावाहिक परिपक्वता में सिद्ध होता है। परंतु भाषा को अनगढ़पन, प्रदर्शनप्रियता आदि से मुक्त करके उसे विचार और समय की चिंता से जोड़ने का काम भी उस समय कम महत्त्व का नहीं था।

यह ज़रूरी नहीं है कि काव्य-भाषा के प्रथम चरण में भाषा, अपारदर्शी, शुष्क और काव्यत्व से रहित ही हो। अभिधात्मक होने पर भी वह तरल और स्निग्ध हो सकती है। भाषा की यह विशेषता गुप्त जी में 'पंचवटी' से पूर्व कम ही देखने को मिलती है। भावों का नाम लेकर पुकारने और हाय-हाय की भाषा उच्चारित करने से काव्य-भाषा में भाव-गांभीर्य पैदा नहीं होता। यथाः

सुन लो अपने दीन जनों की राम-कहानी।
दया करोगे आप हुए यदि पानी पानी॥
तुम भी वाचक-वृंद। तनिक सहृदय हो जाओ।
अपने दुर्विध बंधुजनों को यों न भुलाओ॥ (किसान)

ये पंक्तियाँ भाव की ऊपरी सतह पर ठहरी हुई हैं। भाषा का एक गंभीर, नैतिक आदर्शपरक मुहावरा बना लेने और उसे मनोरंजन से प्रायः काट देने के कारण भी काव्य में इस तरह का सतहीपन और शुष्कता पैदा हुई है।

संयम, आदर्श, व्याकरण, व्यवस्था आदि जहाँ भाषा की संरचना में महत्त्वपूर्ण रूप से भाग लेते हैं, वहीं वे भाषा की मुक्ति को बाधित या सीमित करते हैं। असल में भाषा को बाँधकर न आप अभिव्यक्ति को मुक्त कर सकते हैं और न अभिव्यक्ति को बाँधकर भाषा को खुला छोड़ सकते हैं। ये दोनों इस अर्थ में परस्परावलंबी हैं। द्विवेदी युग में यह बंधन दोहरा था। एक तरफ़ भाषा को व्याकृत किया जा रहा था, और दूसरी तरफ़ नैतिकता, नियमन, आदर्श, उपदेश वगैरह का पाठ पढ़ाया जा रहा था। द्विवेदीयुगीन कवियों पर और खास कर मैथिलीशरण गुप्त पर इस दोहरे बंधन का अधिक प्रभाव पड़ा, जिससे उनकी अभिव्यक्ति और भाषा में एक खास तरह का बंधुआपन आ गया। इस सिलसिले में रीतिकाव्य के विरोध में चलाये जाने वाले सृजनांदोलन का भी स्मरण कर लेना उचित होगा जो मूलतः नीति, आदर्श और मूल्यहीनता का विरोधी था। लेकिन विषय-वस्तु के साथ स्वयं ब्रज की भाषिक स्वीकृति के विरुद्ध पड़ता था। अर्थात् विलास मूलकता, कामुकता आदि की आलोचना वस्तुपरक थी, परंतु क्योंकि ब्रजभाषा का साहित्य मूलतः प्रेम, सौंदर्य, क्रीड़ा, लालित्य आदि का साहित्य था, इसलिए विषयवस्तु के निषेध के साथा भाषा का लालित्य और रम्यता भी स्वंयमेव निषिद्ध हो गयी। फलस्वरूप गुप्त जी और उनके समकालीन न केवल ब्रजभाषा की विषयवस्तु से ही अलग हुए, एक सिद्ध काव्यत्व और रमणीय बोध से भी कट गये। सौंदर्य के पारंपरिक और वैलासिक संस्कार छूट जाना कदापि चिंतनीय नहीं होता, बशर्ते कि किसी अन्य उपाय से काव्य-भाषा के सौंदर्य और रमणीयता की रक्षा कर ली गयी होती। यह छायावादी युग में ही संभव हो सका है, जहाँ रीति-भावना का निषेध करके भी कवि ने अनुभूति और सौंदर्य की नयी भाषिक-सत्ता हासिल की। गुप्त जी के समय में ऐसा संभव न होने से उसे न तो ब्रज की विरासत भाषा के स्तर पर मिली, न अभिव्यंजना के स्तर पर। नयी भाषा अवश्य ही प्रयोजन से जुड़ गयी लेकिन प्रयोजन मार्मिक व्यंजना से प्रायः न जुड़ सका।

गुप्त जी ने कल्पना का उपयोग मन, प्रकृति और भाषा के बंधन खोलने, उन्हें बिंबों में मूर्त्त करने आदि के लिए प्रायः नहीं किया। बल्कि–सूक्तियों, मुहावरों, संवाद-चातुर्य, विसंगतियों को उकेरने, अलंकरण, छंदांत की आनुप्रासिकता आदि के लिए किया। उन्हें वह काव्य-भाषा बहुत कम नसीब हुई जो अनुभूति के आंतरिक दबाव, कवि से उसके अंतःसंबंधों, समुच्चयों और अनुभूति की गुणवत्ता की

अभिव्यक्ति से पैदा होती है। हाँ, इतना मानना होगा कि संवेदन की आवृत्ति से चर्चित भाषा प्रारंभिक कवि के लिए दुर्लभ होती है, इसलिए स्वयं को ही काव्य भाषा के प्राथमिक स्तर पर भी सक्रिय होना होता है और उसकी प्रतिभा का बहुत-सा हिस्सा सही भाषा की खोज, अभिव्यंजना में उसे बिठाने, ढालने आदि में खर्च हो जाता है। इससे कवि का तकनीकी काम बढ़ जाता है—यहाँ तक कि कविता में प्रेम, सौंदर्य, अलंकार, गुण आदि सभी तकनीकी स्तर पर हासिल करने होते हैं, जबकि अगले कवि को जन्म से ही पकी-पकाई भाषा, जो विविध भावों और संवेदनों से चर्वित होती है—प्राप्त हो जाती है। उसे पूर्व कवियों की भाषिक साधना का अनिवार्य और अनाहूत लाभ मिलता है। इसलिए उसकी यात्रा 'टेक ऑफ' से शुरू होती है।

गुप्त जी की मूल संरचनात्मक प्रतिबद्धता छंद से थी। इनकी शुद्धता के प्रति वे कर्मकांडी जैसे सन्नद्ध रहते थे। यहाँ तक कि भाषा के अस्वाभाविक प्रयोग की कीमत पर भी वे अंत्यानुप्रयासों और छंदानुशासन को ज़िद की तरह निभाते थे। कभी-कभी तो उन्हें इतना तक ध्यान नहीं रहता था कि 'तरता-तरता' का अनुप्रास 'चरता-चरता' से मिलाते हुए वे 'हंस' को गधा-घोड़ा बनाये दे रहे हैं! लेकिन इस तरह के कुछ उदाहरण जुटाकर गुप्त जी को छंद-विषयक उपलब्धियों से इनकार करने का कोई औचित्य नहीं है। इस युग के सामने 'रचना' करने को ही नहीं लोगों को दीक्षित करने और सब कुछ व्याकृत करने का भी ज़रूरी उत्तरदायित्व था।

वार्णिक छंदों के बहाने संस्कृत की प्रकृति और समस्त पदावली के अस्वाभिक प्रवेश को एक ओर; तथा ब्रजभाषा की प्रकृति और स्वभाव को उसमें प्रयुक्त छंदों के बहाने दूसरी ओर; हिंदी में प्रवेश को, गुप्त जी ने हिंदी के अन्य छंदों द्वारा विस्थापित किया। उन्हीं के समकालीनों ने उन्हें पद्यकार कहकर उनके महत्त्व को ओछाने की कोशिश भले ही की हो, लेकिन उन्होंने अनेकानेक नये अनभ्यस्त छंदों के प्रयोग द्वारा शिल्प का विस्तार किया और उसे विविधता देने का उत्तरदायी कर्म किया। इसमें शक नहीं है कि छंदों के ढाँचों में भाषा बिठाने के दौर में उनसे अनेक त्रुटियाँ और अस्वाभाविकताएँ हुई हैं; पुनरावृत्तियाँ, स्फीति और गद्यात्मक ठोसपन भी आया है। परंतु खड़ी बोली को लोक-मन में उतारने के लिए उन्होंने गेयता, लय, गति-यति, स्मरणीयता, रोचकता के जो रास्ते खोले हैं, काव्य-भाषा का व्यवस्थित ढाँचा तैयार करने में जो अथक श्रम किया है, वह अविस्मरणीय है। भावानुसार छंद-प्रयोग की ओर उनका ध्यान प्रायः नहीं गया और वृत्त काव्य में संभवतः उनके लिए इस ओर ध्यान देना संभव भी न रहा हो, परंतु उन्होंने ऐसा कोई दावा भी कभी नहीं किया। उनके लिए छंद, भाषा और भाव के 'हाउसिंग बोर्ड' जैसे मकान थे,

जहाँ मकान की सुविधा से रहना होता है, सुविधा के मकान में नहीं। वह जमाना भी शायद काफी कड़ा था। लोग छंद और अंत्यानुप्रसों के दोष पर किसी को बख्शते नहीं थे। रत्नाकर महाशय का कहना था कि अगर आपको अनुप्रास मिलाना नहीं आता तो, नाहक कविता क्यों करते हो? गद्य में ही लिखा करो :

'अनुप्रास प्रतिबंध कठिन जिनके उर माहीं
त्यागि पद्य प्रतिबंधहु गद्य रचत क्यों नाहीं?'

जिस युग में ऐसा माहौल हो, वहाँ आप अपनी अलग खिचड़ी कैसे पका सकते हैं? यति, गति, चक्रीयता, मात्राएँ आदि से बाहर आंतरिक लय आत्मा की अनुगूंज आदि छंद के अग्रिम सोपान हैं–जो छायावादी युग में आरोपित हुए। अनुभूति और आत्म-लय को छंद में सहज संचलित और तरंगित कर पाना पीढ़ियों के अनवरत काव्य-संस्कार और साधना का प्रतिफल होता है, तभी अनुभूति छंदरूपा होकर प्रकट होती है। उसके लिए आगामी कवियों को मैथिलीशरण गुप्त की तरह पट्टीपैम लेकर नहीं बैठना होता। गुप्त जी के छंदों में प्रयत्न-साध्यता और अभ्यास-श्रम स्पष्ट दिखायी देता है। लेकिन यह कहना भी ज्यादती होगी कि इसी दौर में उनकी आत्मीयता छंदों से स्थापित नहीं हुई। जयद्रथ वध, भारत-भारती, स्वदेश संगीत, वैतालिक आदि में ही विविध छंदों के ऐसे अनेक प्रमाण मिलेंगे जहाँ छंदों में आंतरिक लय, प्रवाह, लालित्य और ऊर्जा है। लेकिन 'पंचवटी' में तो कुछ अपवादों को छोड़कर छंद-योजना बड़ी प्रवाहमान, स्निग्ध और मनोरम है। गुप्त जी के उक्त अवदान-युग से अगर हम थोड़ा आगे बढ़ें तो हमें 'विकट भट' में वे छंद-बंधन तोड़कर मुक्त छंद में पूरा काव्य लिखते हुए मिलते हैं। उसकी रोशनी और भाषिक संरचना में गुप्त जी कुछ अलग ही बन पड़े हैं, गोया वे इंतज़ार ही कर रहे हों कि कब उन्हें काव्य-मुक्ति का अवसर मिले। कुछ पंक्तियाँ देखें :

'अब न सहा गया रहा गया मौन भी–'
'अधम, अधर्मी, अकृतज्ञ, अनाचारी रे,
ऐसा अपमान। कोड़ा खा के भला घोड़ा ज्यों
तड़पे त्यों ठाकुर ने एक झटका दिया,
टूट गये बंधन तड़ाक, किंतु वेग था,
सँभला न मस्तक, भड़ाक हुआ भीत में।'...

कुल मिलाकर गुप्त जी ने गद्य और पद्य के कृत्रिम भेद को समाप्त करने में सबसे ज्यादा पहल की, बोलचाल की भाषा को काव्य में अन्वित किया, संस्कृत,

उर्दू और ब्रज के समस्त अतिवादी प्रभावों से लोहा लेते हुए हिंदी के लोक स्वभाव के अनुरूप एक व्यवस्थित, साफ-सुथरी और किसी हद तक समर्थ और व्यंजक भाषिक संकेत अगली कविता के लिए छोड़े। यही कारण है कि वह भाषा-परंपरा छायावाद की लाक्षणिक वक्रता व्यंजना, सौंदर्य, लालित्य, ऊर्जा और अंत:सत्ता को धारण करने में अशक्त सिद्ध नहीं हुई।

प्रगतिशील और राष्ट्रीय कविता के लिए तो गुप्त जी की काव्य-भाषा एक आदर्श मानक साबित हुई। छायावादी कवियों में निराला के लिए वैविध्य, भाषा के लौकिक स्वभाव और प्रवाहशीलता की दृष्टि से गुप्त जी सर्वाधिक उपयोगी कवि रहे होंगे। यह ठीक है कि पंत को गुप्त जी से कोमल कांत, ललित और महीन पदावली नहीं मिली, और न महादेवी को रहस्यमयी आत्म-व्यंजक भाषा। प्रसाद को अनेक स्तरीय भाव-गांभीर्यमयी कल्पना-रंजित शब्द-परंपरा भी संभवत: गुप्त जी से प्राप्त नहीं हुई हो और निराला को भी उत्कट ऊर्जा और विराट आयोजन अपने भीतर ही तलाशना पड़ा हो, परंतु गुप्त जी ने आगामी कवियों के सामने भाषा के टकसाली रूप के साथ स्वयं टकसाल भी दे दी थी जिसका उपयोग उन्होंने अपनी प्रखर प्रतिभा, ऊर्जा, विदग्धता और आत्मानुभूति से किया। आगामी कविता को मिले गुप्त जी आदि के अवदान को हम भले अलग से रेखांकित न कर सकें लेकिन समग्र रूप से जो व्यवस्थित, स्वाभाविक, साफ-सुथरी प्रासादिक, लोक और संस्कृति से पोषित काव्य-भाषा, एक उत्सुक पाठक समाज के साथ, उन्हें विरासत में दी गयी थी, उसी के कारण हिंदी काव्य-धारा बेखटके अत्यंत तीव्रता से प्रवाहित हो सकी। गुप्त जी ने और अंतत: उनके समकलीनों ने अत्यंत निष्ठा और विनम्रता से भाषा की सड़क बना दी थी–फिर जिसने चाहा उस पर बैलगाड़ी दौड़ा दी, जिसने चाहा रॉल्स रॉयस और जिसने चाहा उनके सहारे उड़ानें भरीं। लेकिन भाषा का यह आत्माहुत साधन पीछे रह गया, पीढ़ियाँ उसे छोड़, आगे बढ़ गयीं।

मुझे गुप्त जी पर विचार करते हुए हमेशा पितामह भीष्म का ध्यान हो जाता है जिन्होंने पिता और उसके भावी पुत्र दोनों के लिए सुंदरी का वरण न करने की प्रतिज्ञा की थी और जब युद्ध में संघर्ष करते हुए घायल हो गये तो शर-शैय्या पर पड़े मृत्यु के लिए उत्तरायण की प्रतीक्षा करते रहे। ब्रजभाषा सुंदरी को त्यागकर नयी भाषा के ऊबड़-खाबड़ संघर्ष-पथ पर चलते हुए और अपना वास्तविक सृजन-कर्म पूरा हो जाने पर भी, अनेक आरोपों की शर-शैया पर पड़े-पड़े कविता की साँस लेते हुए वे उत्तरशती का इंतज़ार करते रहे।

स्त्री-संवेदना के अंतर्विरोध

गंधर्व-वाला 'श्रद्धा' जब-जब भी हिमालय की ओर आँख उठायी, उसे एक दहशत भरी जिज्ञासा घेर लेती :

'दृष्टि जब जाती हिमगिरि ओर
प्रश्न करता मन अधिक अधीर
धरा की यह सिकुड़न भयभीत
आह! कैसी है क्या है पीर?'

(कामायनी)

धरती की यह 'पीर' वास्तव में नारी की विराट और सनातन पीर है। धरती से बढ़कर कोई स्त्री नहीं है, जो सृष्टि को झेलती और पालती है, फिर भी पददलित और पदाकांत होती है। शायद इसीलिए सीता धरती की बेटी है कि सब कुछ झेलने और उत्सर्ग कर लेने के बाद भी, पति की परंपरा से अभिशप्त, उसके शत्रु की बंदिनी और आग में बैठकर कुंदन की तरह दमकने पर भी अंततः लोकापवाद के भय से गर्भावस्था में निष्कासित कर दी जाती है! तो आखिर कहाँ समाये धरती की बेटी, सिवा माँ की गोद के? क्या पता धरती की यह पीड़ा अपनी बेटियों के लिए ही हो! कौन कहता है कि हिमालय पृथ्वी का मानदंड है? वह इस डरी हुई धरती की सिकुड़न है! अनंत, अपरिमित, अकथ्य भय–जिसे सिर्फ़ स्त्री ही महसूस कर सकती है! इतिहास के परले सिरे से पाखंड स्त्री का पीछा कर रहा है! इंद्राणी शची से लगाकर श्रद्धा, पांचाली, गांधारी, सीता, मंदोदरी, अहिल्या, यशोधरा, विष्णुप्रिया, मीरा, सुंदरी असंख्य नारियाँ न सिर्फ़ इस संसार की क्रूरता और पैशाचिकता की शिकार हुई हैं; वरन् त्याग, कर्तव्य, वात्सल्य, प्रेम, सिद्धि, गरिमा–जैसे उच्च मूल्यों की भी शिकार हुई हैं। स्वर्ग, भू-लोक या पाताल; द्वापर, त्रेता या कलियुग–यानी कोई लोक या कोई काल नारी को यातना से छुटकारा न दिला सका। धर्म, समाज, राज्य, अर्थ, आदि की तमाम संस्थाओं ने नारी के शरीर, मन और व्यक्तित्व को

लगातार चूसा है। तथाकथित सभ्यताओं ने सृष्टि की केंद्र और परिधानारी को निरंतर आँसुओं के समुद्र में डुबोया है, आग में जलाया है और निरवलंब आकाश में उछाला है। अपनी संपूर्ण ममता, माधुर्य, समर्पण, सौंदर्य, कोमलता और ऊर्जा के बावजूद वह हमेशा वंचित और परास्त होती रही है। उसकी अपरिसीम व्यथा से करुणा की आँखें छलछला आती हैं। ('करुणे क्यों रोती है, उत्तर में और अधिक तूँ रोई'–मैथिलीशरण गुप्त) बेवजह उसका दलन और प्रताड़ना, उसके हाथों जो स्वयं अपराधी है–इतिहास का न्याय तो नहीं है! समय ने हज़ारों करवटें बदलीं, लेकिन महाभारत की नारी आज तक संताप-मुक्त नहीं हुई। यहाँ तक कि उसे नर की पत्नी और माँ दोनों ही होने का अफसोस रहा। विधृता अपने को कोसती है :

'अविश्वास हा! अविश्वास ही
नारी के प्रति नर का
नर के तो सौ दोष क्षमा हैं
स्वामी है वह घर का
उपजा किंतु अविश्वासी नर,
हाय तुझी से नारी,
जाया होकर जननी भी है,
तू ही पाप पिटारी।' (द्वापर)

यहाँ तक कि जिन्हें समाज ने संत कहा, त्यागी कहा; उनका संतत्व और त्याग अपनी पराकाष्ठा में नारी का अस्वीकार और विसर्जन बन गया–गृहिणी ही त्यागते हैं नर, गृह कहके (विष्णुप्रिया)। जैसे-जैसे नर विकास की मंजिल पर चढ़ता जाता है, नारी नीचे धकेली जाती है। इतिहास की लंबी यात्रा का क्या यही नतीजा नहीं निकलता?–'नर का विकास, नारी का क्षय' (मैथिलीशरण गुप्त) और यह एक विचित्र बात है कि अभ्युदय की संस्थाएँ; अर्थात् धर्म, दर्शन, नैतिकता वगैरह ने नारी के साथ जितना अतिचार किया है, उतना तो स्वयं समाज और राज-व्यवस्था ने नहीं किया। स्वर्ण-प्रतिमा में नारी की प्राण प्रतिष्ठा करते हुए, जीती-जागती को निर्वासन का दंड किसने दिया है? धर्म और नैतिकता के मूल्य चाहे जहाँ रहे हों, उनकी व्यावहारिक सत्ता अक्सर कठमुल्लों और कर्मकांडियों के पास रही है, जिनकी संकीर्ण और कठोर यांत्रिकी ने प्राय: समाज और राजव्यवस्था को भी अनुगत बनाया है। आज भी नारी-शोषण के मूल में कठमुल्लापन है जो उसके न्यायिक आधारों पर 'विटो' इस्तेमाल करता है। उदार मानवीय प्रवृत्तियाँ इतनी बेचारी और अकेली पड़ गयी हैं कि वे महज अपील कर सकती हैं, अन्याय का सशक्त और कारगर प्रतिकार नहीं कर सकती।

संस्कृति के विभिन्न दौरों में नारी की पूजा भी की गयी, उसको देवी और शक्ति के प्रतिष्ठित आसन पर बिठाया गया, लेकिन वही नहीं किया गया जिसकी उसे दरकार थी यानी–उसे इंसान माना जाये–इसकी। नारी की महत्ता को लेकर कल्पनाएँ तो बहुत की गयीं, लेकिन व्यवहार में ऐसा कुछ खास नहीं किया गया। क्योंकि उसकी शक्ति से पुरुष आतंकित था। जब असुरराज शुंभ ने देवी को 'रत्न' के रूप में अपने अधिकार में लेने की आकांक्षा प्रकट की तो उसने दूत से कहला दिया कि–'यो माँ जयति संग्रामे, यो मे दर्पं व्यपोहति/यो मे प्रतिबलो लोके स मे भर्ता भविव्यति।' (दुर्गा सप्तशती) पुरुष के भीतर बैठे दानव के लिए कैसे संभव था कि वह नारी को 'प्रतिबल' बनने देता, क्योंकि वह जानता था कि एक-एक कर सारे असुर उसकी क्रोधाग्नि के हविष्य बन गये, कोई जीत नहीं पाया उसे। इसीलिए उसने नारी को अनतिकाम्या बनने का मौका ही नहीं दिया। उसने नारी की कल्पित सत्ता को उसकी व्यावहारिक सत्ता से अलग कर दिया, इसीलिए कल्पना में उसकी पूजा होती रही और व्यवहार में शोषण।

रचनाकार अत्यंत संवेदित जीव होता है (वैसे जो भी संवेदनशील है, वह उस हद तक कवि है कि, उसके पास 'शब्द' नहीं है)। लेकिन कवि भी अंततः उसी संस्कृति और सभ्यता का भाग है, जिसके पहिये अक्सर स्त्री की छाती से गुजरे हैं। भले ही मानवता रहा हो कि स्त्री का कोई अपराध नहीं होता, अपराधी पुरुष ही होता है, 'नऽपराधोस्ति नारीणां नरएवऽपराध्यति/सर्व कार्य पराध्यत्वात् न पराध्यति चाङ्गना।' (महाभारत, शांति पर्व)। जब जयद्रथ व्यंग्य करता है कि 'नर ही अपराधी होता निरपराध है नारी!' तो, कृष्णा उत्तर देते हैं–'स्वयंसिद्ध यह सत्य, भले तुम व्यंग्य करो कुविचारी।' (जय भारत)। फिर भी जाने क्यों कवि स्त्री को 'ताड़न की अधिकारी' मान बैठा। तुलसी को परंपरावादी कहकर हम भले इस कथन को उसकी परिणति मान लें, परंतु कबीर तो घोषित क्रांतिकारी हैं। वे इस झाँसे में कैसे आ गये कि 'नारी की झाँई पड़े अंधा होता भुजंग!' प्राणिमात्र में परम सत्ता का अंश देखने वाले संत कवियों और दार्शनिकों को क्या हुआ कि 'स्त्री' प्राणी की इस परिभाषा से खारिज हो गयी? ठगिनी, माया, नरक का मार्ग, जहरीली नागिन और उसे क्या-क्या कहा गया! निश्चय ही इसमें 'धर्म' और 'नैतिकता' का छिपा हुआ हाथ है। कालिदास और अवश्वघोष जैसे कवि भी इस चक्रव्यूह में फँस गये! कालिदास की निर्वासिता सीता, बड़ी तेजस्विता से लक्ष्मण के द्वारा राम के पास संदेश भेजती हैं :

'वाच्यस्त्वया मद् वचनात्सराजा वह्नौ विशुद्धामपि यत्समक्षम्।
माँ लोकवाद श्रवणादहासीः श्रुतस्य किं तत्सदृशं कुलस्य।।'

(रघुवंश । 4 । 61)

(उस राजा से मेरे शब्दों में कहना कि अपनी उपस्थिति में अग्नि में शुद्ध की गयी मुझे, मात्र लोक-निंदा सुनकर ही त्याग दिया, क्या यह उस प्रसिद्ध कुल के लिए उचित है, जिसका बड़ा घंमड करते हैं?) लेकिन अगली ही पंक्ति में सीता कहती हैं कि राम का कोई दोष नहीं है, यह मेरे पूर्वजन्मों के पापों का विलंबित दंड है, 'ममैव जन्मान्तर पातकानां विपाक विस्फूर्जथुर प्रसह्यः' (रघुवंश–14/62) अश्वघोष की यशोधरा, उसे त्यागकर चले जाने वाले सिद्धार्थ के बारे में यह जलता हुआ प्रश्न फेंकती है कि मुझ सहधर्मिणी को अनाथ छोड़कर वे धर्म करना चाहते हैं। वह धर्म है ही कैसे, जिसे वे सहधर्मिणी के बिना करना चाहते हैं :

'स मामनाथां सहधर्मचारिणीमपास्य धर्म यदि कर्तुमिच्छति।
कुतोस्यधर्मः सहधर्मचारिणीं विना तपो यः परभोक्तु मिच्छति॥'

(बुद्धचरितम् 8 । 61)

धर्म की पुनरावृत्ति से, अश्वघोष सिद्धार्थ के बहाने धर्म-संस्था पर ही प्रहार कर रहे हैं, परंतु उनकी यशोधरा का यह सात्विक आवेश और तार्किक प्रहार भी अंततः (अभागिनीं यद्यहमायतेक्षणं क्षचिस्मितं भर्तुरुदीक्षितुं मुखम् 8।67–मैं अभागिनी हूँ कि पति के दीर्घ नयन और स्मित मुख नहीं देख सकती) पारंपारिक पातिवृत्य (स तु प्रियौ भामिह वा परत्र वा कथं न जह्यादिति मे मनोरथः 8।66–यही मनोरथ है कि पति मुझे इहलोक और परलोक में न भूलें) और अनुपात (इतीह दैवी पतिशोक मूर्च्छिता रुदोद दध्यौ विललाप चासकृत् 8।70) आदि में विलीन हो गया। तो सवाल यह है कि कवि की विद्रोही और क्रांतदर्शी चेतना की उक्त सीमाएँ कौन तय कर रहा है? कालिदास और अश्वघोष का 'कवि' या उनके भीतर बैठा पारंपरिक नैतिक और धार्मिक बोध, जो एक हाथ की लिखावट दूसरे हाथ से मिटाता है? गनीमत थी कि कम-से-कम इन कवियों के भीतर ऐसी आत्म-सजगता और मूल्य-विवेक तो था कि वे सांस्कृतिक प्रतीकों के कर्म को चुनौती देने की हिम्मत कर सके। इनके विद्रोही सोच ने स्त्री की न्यायिक प्रतिष्ठा को मूल्यवान माना।

लेकिन उस युग के क्या कहने जिसमें 'मूल्य' की जगह 'विलास' केंद्र में बैठा हो और कवि उसका आश्रित हो! जहाँ नारी को पदार्थ और भोग्या मानकर काम-यंत्र के रूप में परिभाषित किया गया हो! पुराने कवि ने जो भी अर्जित किया था उसे रीति-कवि ने मिट्टी में मिला दिया। आधुनिक युग को छूता हुआ अतीत का यही हिस्सा था जिसकी तीव्र प्रतिक्रिया उन्नीसवीं शती के अंत से दिखायी दी। कवि ने नारी के प्रति समाज के विलासी और कामुक दृष्टिकोण का विरोध किया और संबंधों

के अनेक आयामों के जरिये जीवन में उसकी व्यापक भूमिका का महत्त्व पहचाना। 'द्वापर' की कृष्णानुरक्ता 'विवृता' को जब उसका पति पंकिल निगाहों से देखता है, तो वह सीधी टकराहट बचाते हुए भी, सामान्यीकरण के माध्यम से रीतिकालीन दृष्टि को चुनौती देती हुई, अपने सवालों को पुरुष समाज के आगे फेंक देती है :

'हाय! वधू ने क्या वर-विषयक
एक वासना पाई?
नहीं और कोई उसका क्या
पिता, पुत्र या भाई?
नर के बाँटे क्या नारी की
नग्न मूर्ति ही आई?
माँ, बेटी या बहन हाय क्या
संग नहीं वह लाई?' (द्वापर)

यहीं, वह दार्शनिक मायावाद की लोकध्वनि से उत्पन्न नारी-दृष्टि का उपहास करते हुए कहती हैं :

'ललना तो छलना है, ओ हो,
धन्य तुम्हारी लीला!'

नारी को भोग-विलास की परिधि से निकालकर उसकी गरिमा को अतीत के सहारे पुनर्प्रतिष्ठित करने के दौर में विसंगतियों का भी लिपटे चले आना स्वाभाविक था—जो आमतौर पर पुरुष-प्रधान मूल्य-संहिता के कारण उत्पन्न हुई थी। अपेक्षाकृत श्रेष्ठ चयन के इस दौर में कवि प्रायः विश्लेषणपरक न हो सका। कमल के साथ कीचड़ की लिथड़ा चला आया। गुप्त जी के रचना-मानस में पारंपरिक आदर्शों और मूल्यों के प्रति पूज्य भाव था। उन्होंने महापुरुषों की जो गाथाएँ अतीत से उठायी थीं उन सबके साथ कमोवेश नारी की त्रासदी जुड़ी हुई थी। वे इस विषष्ण और संत्रस्त नारी को अपनी करुणा और संवेदना तो देना चाहते थे, मगर उन चरित नायकों की कीमत पर नहीं, जो उनके नव-सांस्कृतिक जागरण के शीर्ष पुरुष थे। अगर वे इन सीमाओं के बाहर नारी का पक्ष लेते, अगर उनकी ये नारियाँ विद्रोही हो उठतीं तो पुरुष द्वारा स्थापित आदर्शों पर ही कुठाराघात हो जाता, क्योंकि इससे कम पर उन अपराधों का परिमार्जन संभव न था। इसलिए अपनी क्षुब्धता और न्याय-बुद्धि के आग्रहों को दबाते हुए गुप्त जी ने नारी महत्त्व की जो स्थापना की या उसे संवेदना दी—वही इन्हीं अंतर्विरोधों का शिकार हुई।

पुरुषों और मूल्यों का बचाव करती हुई नारी-संवेदना की सीमा होती है, जो प्रकारांतर से आलोच्य कर्मों को, अन्यथा तर्कों से, नज़रअंदाज करने की अपील करती है या उन्हें उचित ठहराने के तर्क देती है। 'द्वापर' की वही 'विधृता' जो पुरुष की संशयी और कामक प्रवृत्ति पर चोट करती है, सीता के निर्वासन का उत्तरदायी राम को नहीं मानती और कहती है कि जो इसे सच मानता है वह 'अज्ञ-अभागा' है। सीता-निर्वासन किसी पतित व्यक्ति की करतूत का ही नतीजा था :

'राम नाम के नृप को छल कर
सहृदय सीमा-वर का
घर लुटवाने में भी कर था,
किसी तुम्हीं-से नर का।' (द्वापर)

राम का बचाव करते हुए गुप्त जी ने पल भर को यह नहीं सोचा कि पुरुषोत्तम राम जो इतने बड़े साम्राज्य के कर्णधार थे, अगर किसी पतित या षड्यंत्री द्वारा छले जाकर अपनी परम साध्वी पत्नी का परित्याग कर सकते हैं, तो क्या उनका विवेक, न्याय, राजनीतिक बुद्धि-चातुर्य और महानता ही संदिग्ध नहीं हो जाती? इससे तो बेहतर था इस अन्याय को सीधे अन्याय कहा जाता। क्योंकि अन्याय पर सही जगह चोट न करना भी प्रकारांतर से उसे संरक्षण देना है। गुप्त जी जानते हैं कि अपराध को स्वीकार करने से व्यक्तित्व की कलुषता छँटती है और लोक में व्यक्ति के गुणों की प्रतिष्ठा बढ़ती है। कैकेयी के व्यक्तित्व की कालिमा धोने के लिए उन्होंने स्वयं इस विधि को अपनाया है :

'क्या कर सकती थी मरी मंथरा दासी
मेरा ही मन रह सका न निज विश्वासी।' (साकेत)

लेकिन यह विधि उन्होंने अपने चरित नायकों के बारे में नहीं अपनायी। जिस साधारण मानवीय विवेक और कर्तव्य-भावना से 'बक-संहार' के ब्राह्मण ने भी यह समझ लिया था-'अबला सदा ही रक्ष्य है। नर नीति का यह लक्ष्य है।' और :

'पाणिग्रहण जिसका किया
अब भार जिसका है लिया
कैसे उसे मैं मृत्यु-सुख में छोड़ दूँ?
होमाग्नि सम्मुख विधि-विहित
जिसको किया मैंने निहित
संबंध उस सहधर्मिणी से तोड़ दूँ?' (बक-संहार)

इसका क्या कारण है कि गुप्त जी के बुद्ध या राम या चैतन्य किसी को भी यह कर्तव्य-बोध नहीं हुआ? क्यों उनके मन में एक बार भी 'नर नीति' का लक्ष्य स्पष्ट नहीं हुआ-जिस बात को एक साधारण गृहस्थ तक ने समझ लिया था? क्या अपनी भूलें स्वीकार करना, अनुपात करना सिर्फ़ स्त्रियों के ही जिम्मे है? संभवत: गुप्त जी के विचार से इन पुरुषों ने स्त्रियों के साथ जो कुछ किया, वह किसी बड़े उद्देश्य को प्राप्त करने के लिए, किसी महान आदर्श की स्थापना के लिए किया। हालाँकि ऐसे अन्यायों को किसी मानवीय तर्क से न्यायपूर्ण सिद्ध नहीं किया जा सकता था, इसलिए उन्होंने स्वयं शोषिताओं, प्रवंचिताओं द्वारा अपने पुरुषों को बचाव करवाया। उनका ख़याल रहा होगा कि इससे जहाँ उनके पुरुष बरी हो जाते हैं वहीं नारी का व्यक्तित्व भी ऊपर उठ जाता है। विष्णुप्रिया सहानुभूतिशील स्त्रियों को उद्धृत करते हुए कहती हैं कि उनके विचार से यह कार्य (यानी भक्ति, सिद्धि अथवा लोक-कल्याण के लिए पुरुष द्वारा स्त्री का परित्याग) नारी पर नर का अत्याचार है, वे सोचती हैं कि विद्रोह ही इसका एकमात्र प्रतिकार है :

'कहता है—नारी पर नर का
कितना अत्याचार है,
लगता है, विद्रोह मात्र ही,
अब इसका प्रतिकार है।' (विष्णुप्रिया)

लेकिन विष्णुप्रिया इन माँ-बहनों की कृतज्ञता मानते हुए भी चैतन्य के प्रति सदय होने का आग्रह करती है—'किंतु तुम्हारी दया चाहता/उनका न्याय-विचार है।' उसका ख़याल है कि :

'अपनी भी सुध थी क्या उनको
छूटा-यों घर बार है,
दोषी है तो वह, जो उनका
अपने प्रभु पर प्यार है।' (विष्णुप्रिया)

जहाँ तक नारी की करुणा, उदात्तता, नि:स्वार्थ अर्पण और गरिमा का सवाल है, गुप्त जी के काव्य का रोम-रोम इनसे भरा है, लेकिन कई बार लगता है कि ये भाव मानो नारी की विवशता के ही भिन्न-भिन्न परावर्त है। अपना चेहरा बचाने के लिए मानो नारी के पास इसके अलावा कोई चारा नहीं है। इसलिए उसके प्रति व्यक्त संवेदना कुछ इस तरह की हो जाती है जैसे कोई किसी के घर उसके स्वजन की मृत्यु पर 'बैठने' जाता है और सांत्वना देता है, जिसका कुल सार यही है कि

तुमने तो भरसक उपचार किया, पर ईश्वरेच्छा के आगे किसी का क्या वश चलता है, हिम्मत से काम लो और जो दुःख पड़ा है उसे सहन करो, यह तो मनुष्य की नियति है, युग-युग से जन्म-मरण का सिलसिला चल रहा है–ऐसा कुछ :

'अबला जीवन हाय, तुम्हारी यही कहानी
आँचल में है दूध और आँखों में पानी।' (यशोधरा)

क्या यह पीड़ा और संवेदना, मरणोपरांत रुदन और सांत्वना जैसी नहीं है–जिसमें कोई प्रतिकार नहीं, चुनौती नहीं, सिर्फ़ आत्म-दाह है? यह ठीक है कि कवि ने कभी यह नहीं कहा कि धर्मराज का पांचाली को जुए में, दांव पर लगा देना या दुःशासन द्वारा भरी सभा में उसका चीर हरण करना और इसे खामोशी से होने देना, गर्भावस्था में सीता को निर्वासित करना, आग में झोंककर उसके सतीत्व की परीक्षा करना, यशोधरा और विष्णुप्रिया को सोता छोड़कर सिद्धार्थ और निमाई का किसी भक्ति या परमार्थ की खोज में निकल पड़ना, गांधारी का अंधे पति के खातिर आँखों पर पट्टी चढ़ा लेना और लोगों द्वारा उसे पतिव्रत्य का नाम देना सही, संगत या न्यायोचित था। 'परंतु' और यह 'परंतु' ही विसंगति की जड़ है, इसके सहारे क्षमा, करुणा, उच्च लक्ष्य, कर्तव्य आदि के ब्याज से पुरुष को बरी कर दिया जाता है और स्त्री को देवी बना दिया जाता है। इसी उद्देश्य के लिए कवि अपनी उच्चतम कल्पना और प्रतिभा अर्पित करता है। यह सच है कि मिथक या इतिहास के ढाँचे को कवि बदल नहीं सकता, लेकिन अन्याय को चुनौती तो दे ही सकता है, लेकिन वह तब तक नहीं दी जा सकती थी जब तक कि उस पुरुष को कठघरे में नहीं खड़ा किया जाता जो नारी के प्रति अन्याय का उत्तरदायी है। कवि ऐसा इसलिए नहीं कर सकता था कि राम, बुद्ध, चैतन्य, धर्मराज आदि को वह संस्कृति, धर्म, लोक-कल्याण और नैतिकता का प्रतीक मानता है, उनकी मूर्ति वह किसी भी स्तर पर खंडित नहीं कर सकता–न्याय की माँग के स्तर पर भी नहीं। यह माना जाता है कि किसी मूर्ति का कोई हिस्सा, भले वह छोटी उंगली का एक सिरा ही क्यों न हो, खंडित हो जाने पर मूर्ति अपूजनीय हो जाती है। संभवतः इसी धारणा की वजह से गुप्त जी अपने आदर्श नायकों को किंचित् खंडित करने का खतरा नहीं उठा सकते थे। अतः उन्होंने अपनी सारी शक्ति नारी का ऐसा सर्वसहा रूप संवारने में लगायी, जिससे वह तो ऊपर उठ जाये परंतु पुरुष की छवि को जरा भी नुकसान न पहुँचे। यह ऐसी ही बात थी कि–'हंसब ठठाइ कि फुलाइब गालू।'

नारी के प्रति अन्याय करने वाले श्रेष्ठ पुरुष पात्र कैकेयी की तरह आत्मग्लानि प्रकट नहीं करते, न आत्माभिशप्त होते हैं, बल्कि वे अपनी नम्रता और नारी-महत्त्व को इतनी पराकाष्ठा पर ले जाते हैं कि वह स्वयं उनकी उदारता या गुण बन जाता है। उससे नारी के प्रति अन्याय का परिशमन होता हो या न होता हो, पुरुष का महत्त्व और गरिमा ज़रूर बढ़ जाती है। अगर वस्तुगत दृष्टि से आप लक्ष्मण के इस कथन का मुआयना करें, तो क्या सचमुच यह मान लेंगे कि लक्ष्मण उर्मिला के योग्य बनने के वास्ते जंगल में तपस्या कर रहे हैं? :

'वन में तनिक तपस्या करके
बनने दो मुझको निज योग्य
भाभी की भगिनी तुम मेरे
अर्थ नहीं केवल उपभोग्य।' (साकेत)

पुरुष-प्रधान उस सांस्कृतिक युग में क्या लक्ष्मण का दौड़ कर प्रिया के चरणों में गिर पड़ना (गिर पड़े दौड़ सौमित्र प्रिया पगतल में) बनावटी नहीं लगता है? और क्या निमाई के इस कथन को कोरी कृतज्ञता या सांत्वना भर नहीं मानना चाहिए :

'किंतु प्रिये जो कुछ मिला है इस यात्रा में
वस्तुतः तुम्हारा ही दिया वह मिला मुझे।' (विष्णुप्रिया)

यों तो गौतम भी यशोधरा की प्रशंसा करते हैं :

'भूत दया मूर्ति वह, मन से शरीर से।' (यशोधरा)

इन उदाहरणों से क्या ऐसा नहीं लगता कि इन स्त्रियों को इसलिए महान कहा गया है कि पुरुषों से वंचिता होने पर भी उन्होंने उफ तक नहीं किया, उल्टे उन्हें महान और पूजनीय मानती रहीं? असल में गुप्त जी के मन में नारी की जो मूर्ति बसी हुई है, वह लोक में सिर्फ़ देने आती है, लेने नहीं :

'नारी लेने नहीं लोक में देने ही आती है।' (जय भारत)

और यह 'देना' भी गर्व रहित, भक्तों-जैसा! सत्यभामा से उक्त क्रम में द्रौपदी आगे कहती हैं :

'पर देने में विनय न होकर जहाँ गर्व होता है
तपस्त्याग का पर्व हमारा वहीं खर्च होता है।' (जय भारत)

आज जब कि नारी के व्यक्तित्व की स्वतंत्र प्रतिष्ठा और पुरुष के समकक्ष उसकी हैसियत स्वीकार की जा रही है, यह लग सकता है कि शील, संयम, उदारता,

समर्पण, क्षमा जैसे सांस्कृतिक शब्दों के जरिये न सिर्फ़ पुरुष द्वारा नारी शोषित हुई है, बल्कि स्वयं नारी ने अपने शोषण को भी स्वीकृति दी है। लेकिन संक्रमण के उस दौर में, जब आधुनिक मूल्यों की पहचान हो रही थी और पारंपरिक मूल्यों को नये संदर्भ दिये जा रहे थे, हम इस अंतर्विरोध को भी विधायक मानते हैं। यह कवि की भीतरी हलचल और परिवर्तन की प्रस्तावना के रूप में नवजागरण का पहला चरण माना जायेगा—असल में अंतर्विरोध तो उस परंपरा और सांस्कृतिक विरासत में ही था, जिसका घटिया इस्तेमाल रीतिकाल में किया गया और बेहतर इस्तेमाल आधुनिक युग में, गुप्त जी जैसे कवियों द्वारा। संस्कृति, परंपरा और इतिहास के सार्थक उपयोग और उसे युगानुरूप प्रासंगिकता देने का सिलसिला शुरू करते हुए, एक खास तरह का द्वंद्व और हिचक होती रही है। इन सीमाओं के बावजूद गुप्त जी ने विरासत के श्रेष्ठ मूल्यों को पुनर्प्रतिष्ठित करते हुए, नारी के प्रति संवेदना का एक सजीव वातावरण बनाया।

ऊपर हमने नारी के बारे में गुप्त जी के जिस अंतर्विरोध की चर्चा की है, उसे गुप्त जी की अंतिम मान्यता न मानकर उनकी ऐतिहासिक विवशता और आदर्शस्थापना के लिए सचेष्ट प्रयत्नों के रूप में देखा जाना चाहिए। क्योंकि उनके काव्य में ऐसे अनेक संदर्भ हैं, जहाँ उन्होंने न केवल पुरुष-प्रधान संस्कृति में नारी-शोषण की तसवीर खींची है, वरन् उसके संघर्ष और प्रतिरोध को भी उभारा है। इस तरह ऐतिहासिक सीमा के बावजूद अपने समय की नारी-अवधारणा और शोषण के विरुद्ध विद्रोह व्यक्त किया है, लेकिन ये अक्सर वे स्थल जहाँ उनके आदर्श चरितनायक आड़े नहीं आते। सामान्य स्त्रियाँ, असुर नारियाँ या माताओं के माध्यम से उन्होंने नारी-विषयक सामाजिक विसंगतियों पर चोटें की हैं। यहाँ वे अधिक वस्तुवादी, यथार्थदर्शी और तर्कसंगत हैं। इससे यह बात और भी प्रमाणित हो जाती है कि अपनी प्रमुख नारियों के प्रति हुए अन्याय के प्रति वे सिर्फ़ करुण और संवेदनशील क्यों हैं, विद्रोही क्यों नहीं? नारी के प्रति विकृत दृष्टिकोण और पुरुष-प्रधान आचारसंहिता के दुष्प्रभाव से ही नारी 'अबला' हुई है। वह युगों से इस समाज में असुरक्षित जी रही है। द्वापर युग की ब्राह्मणी का विलाप, जब उसका पति बक के आहार के लिए जा रहा है—नारी की इसी सर्वहारा, दीन दशा का चित्र है जो द्वापर का होते हुए भी आज का-सा है :

'अबलाजनों की एक दिन
है लाज रहना भी कठिन
जिनके लिए पर पुरुष मय संसार है
यदि वे अनाथा हो यहाँ उनकी कहां।

तो फिर कुशल उनकी कहाँ
प्रत्येक पद पर विपद पारावाद है।' (बक-संहार)

उस वक्त भी बेटी भार समझी जाती थी। वह पिता की चिंता और घर का बोझ रही है। ब्राह्मण की बेटी की यह वेदना उन सभी बेटियों की है जो महाभारत काल से आज तक हुई हैं :

'चिंतामयी मानो चिता
होती सुता है, है पिता!
आपत्ति-सी है जन्म लेती गेह में।'

* * *

'मैं त्याग के ही अर्थ हूँ
बच भी रहूँ तो व्यर्थ हूँ।' (बक-संहार)

जहाँ तक नारी-व्यक्तित्व के उन्नयन का प्रश्न है, गुप्त जी ने कोई संकोच नहीं दिखाया है। साकेत का यह प्रसंग, जहाँ लक्ष्मण को शक्ति लगने पर अयोध्यावासी लंका पर चढ़ायी करने को उद्यत होते हैं–नारी-चरित्रों के उत्थान के लिए ही आयोजित है। इस अवसर पर कैकेयी, उर्मिला, मांडवी, श्रुतिकीर्ति और अन्य नागरिकाएँ युद्ध में जाने को सन्नद्ध होती हैं और सिद्ध करती हैं कि वे घर बैठकर रोने-धोने वाली स्त्रियाँ नहीं हैं, वक्त पड़ने पर युद्धभूमि में भी कूद पड़ सकती हैं। सबसे अंत में कैकेयी कितने ओजस्वी शब्दों में अपना निर्णय सुनाती हैं :

'भरत जायगा प्रथम और यह मैं जाऊंगी'...
'मैं निज पति के संग गयी थी असुर-समर में।
जाऊंगी अब पुत्र संग भी अरि-समर में।' (साकेत)

गुप्त जी की अनेक नारियाँ ऊर्जा की पराकाष्ठा हैं। शीलहरण करने को सन्नद्ध कामुक कीचड़ को सैरंध्री (द्रौपदी) चुनौती देती है–'दानव के लिए चंडिका आह मैं कालानल'। (जय भारत) गुरु गोविंदसिंह की पत्नी युद्ध के लिए, पति से पुरुष-वेश माँगती है। वह साफ कहती है–'मेरी रक्षा के बदले तुम/करो विपक्ष-विनाश विचार।' (गुरुकुल) और वास्तव में वह पुरुष-वेश में अपने बेटों को बचाने के लिए युद्धभूमि में कूद पड़ती है और लड़ते-लड़ते प्राण दे देती है। नारी के इसी ऊर्जावान व्यक्तित्व की याद दिलाते हुए यशोधरा ने कहा था कि युद्ध के अवसर पर हम नारियाँ स्वयं ही अपने पति को रण में भेजती हैं, वहाँ तो प्राणों की बाजी लगाना होता है। तब क्या सिद्धि पाने के लिए जाते हुए पति को मैं प्रसन्नता से विदा नहीं कर देती?

उसे दु:ख है कि गौतम उसे अँधेरे में रखकर चले गये। उसके आत्माभिमान को इस बात से गहरा धक्का लगा कि गौतम ने उसके व्यक्तित्व पर अविश्वास किया और जाने का ऐसा समय चुना जब वह सो रही थी :

'सखि, वे मुझसे कह कर जाते!'

* * *

'स्वयं सुसज्जित करके रण में
प्रियतम को प्राणों के पण में
हमीं भेज देती हैं रण में
क्षात्र धर्म के नाते!' (यशोधरा)

ऐसे प्रसंगों से वस्तु का ढाँचा कहीं प्रभावित नहीं होता, सिर्फ़ उसके तेवर बदल जाते हैं। राम जब अयोध्या लौटने से इनकार करते हैं तो भरत सीता से आग्रह करते हैं :

'जब तक पितुराज्ञा आर्य यहाँ पर पालें।
तब तक आर्या ही चलें स्वराज्य सम्हालें।' (साकेत)

उक्त सारे संदर्भ प्रकट करते हैं कि गुप्त जी, नारी को घर के आरक्षण और अवगुंठन से निकालकर, पुरुष के तमाम क्षेत्रों में उसकी प्रतिस्पर्द्धात्मक उपस्थिति को सांकेतिक रूप से दर्ज करना चाहते हैं और इस तरह नारी-विषयक दृष्टिकोण को आधुनिकता देने की कोशिश करते हैं।

गुप्त जी के कवि-हृदय ने निश्चय ही नारी के प्रति अन्याय और अतिचार का विरोध करने के अवसर भी खोजे हैं। माता-पिता को नैतिक अधिकार है कि वे अपने पुत्रों की आलोचना कर सकते हैं। इससे पुत्र भी छोटा नहीं होता और स्वयं उनका अधिकार और कर्तव्य भी प्रकट होता है, प्रकारांतर से कुटुंब के प्रति, खास कर स्त्री के प्रति उनके वात्सल्य की उचित अभिव्यक्ति भी होती है। इसके अलावा गुप्त जी ने पुरुषों और मानवीय नैतिक विधान को चुनौती देने के लिए, अपने काव्य में हिडिंबा और शूर्पणखा जैसी दानवियों को चुना है। इसके अलावा ऐसी कुछ सामान्य स्त्रियाँ और परिवेश हैं जिनके जरिये उन्होंने अपने कवि-न्याय को व्यक्त किया है। ज़ाहिर है कि इन तमाम स्थलों पर उनके तेवर से श्रेष्ठ चरितनायकों को कोई क्षति नहीं हुई और उनके मंतव्य की झलक भी मिल गयी। यहाँ यह कहना प्रासंगिक होगा कि ये प्रसंग औपचारिक नहीं हैं, हार्दिकता से भरे हुए हैं—क्योंकि ऐसे प्रसंगों और अभिव्यंजनाओं में उनके कवित्व का मार्मिक रूप दिखायी पड़ता है।

दूसरी बात यह है कि ऐसे संदर्भ वस्तुगत मूल्य रखते हैं और हमारा ध्यान इस बात पर केंद्रित नहीं करते कि इसे कहने वाला कौन है या उसकी सामाजिक हैसियत क्या है। ये बातें कही गयी हैं, न्यायोचित कही गयी हैं–जैसे प्रभाव उनका पड़ता है और यह प्रभाव दिखाता है कि यह कवि की समाधि-भाषा है, स्वयं कवि की वाणी है, उसका अपना अभिप्राय है–किसी व्यक्ति-विशेष द्वारा व्यक्त या किसी खास व्यक्ति को संबोधित संवाद-भर नहीं, जिसमें मात्र कहने-सुनने वाले व्यक्त होते हों।

गुप्त जी के काव्य में ऐसे प्रसंगों का जायजा लेना शायद इस संदर्भ में ज़रूरी होगा।

अब निमाई की माँ को नित्यानंद यह संदेश देने आते हैं कि निमाई चाहते हैं कि उनकी माँ उनसे मिलें, लेकिन विष्णुप्रिया नहीं। तब माँ कहती है :

'लौट जा निमाई, तब भी मैं नहीं जाऊँगी
यह नहीं उसकी तो मैं भी कह कौन हूँ
अब अधिकार इसे रोकने का क्या उसे?
देखूँ मुख मैं ही तब क्यों उस कृतघ्न का?' (विष्णुप्रिया)

और माँ के सामने ही चैतन्य अपना अपराध भी स्वीकार करते हैं :

'माँ, तुम्हारी सेवा छोड़ धर्म भूल अपना
संन्यासी हुआ मैं मत, मुझको क्षमा करो।'

'माँ', यद्यपि गुप्त जी की रचनाओं के केंद्र में नहीं रही, फिर भी प्रायः हर जगह उसके प्रति गहरा आदर प्रकट किया गया है। कैकेयी को भी गुप्त जी ने वात्सल्य के कारण एक भूल करने के बाद आसूँओं से धुली साध्वी नारी के रूप में उपस्थित किया है : वह अनुताप और आत्माभिशाप से परिशुद्ध हो गयी है :

'सबने रानी की ओर अचानक देखा
वैधव्य तुषारावृता यथा विधु लेखा।'

* * *

'श्रीखंड आज अंगार चंड है मेरा,
तो इससे बढ़ कर कौन दंड है मेरा?'

* * *

मैं रहूँ पंकिला पद्मकोश है मेरा।'

उर्मिला के प्रति कैकेयी का सदय वात्सल्य छलक पड़ता है :

'आ मेरी सबसे अधिक दु:खिली आज।
पिस मुझसे चंदन-लता मुझी पर छा जा।' (साकेत)

राम, जो गुप्त जी के और संस्कृति, नियमन आदि के प्रमाण हैं। कैकेयी के बारे में कहते हैं :

'सौ बार धन्य उस एक लाल की माई
जिस जननी ने है जना भरत-सा भाई।'... (साकेत)
'मूल शक्ति माँ तुम्हीं सुयश के इस उपवन की' (साकेत)

जब मुनि वशिष्ठ के बेटे का कल्माषपाद ने वध कर दिया, तो पौत्र पाराशर के मन में प्रतिशोध जगा। इस समय स्वयं वशिष्ठ की विधवा पुत्र-वधू और पाराशर की माँ ने अपने बेटे को प्रतिशोध लेने से वर्जित करते हुए, उसके वास्तविक कर्तव्य की याद दिलायी :

'तुम हो न किसी जन के तापक
होना है तुम्हें व्यवस्थापक।' (लक्ष्यवेध, जय भारत)

जब कुंती को पता चलता है कि उनके आतिथेय ब्राह्मण को 'बक' के भोजनार्थ जाना है, तब वह करुणा से द्रवित हो जाती है, और अपने पाँचों बेटों में से एक को उसके स्थान पर भेजने का आग्रह करती है। त्याग की इस पराकाष्ठा में उसके व्यक्तित्व की अंतर्बाह्य स्थिति का पता गुप्त जी इस छोटी-सी मगर गहरी काव्यात्मक पंक्ति में देते हैं :

'बाहर अटल थी
किंतु भीतर हत हुई।' (बक-संहार)

गुरु गोविंदसिंह की पत्नी सुंदरी के उस स्वरूप का पहले स्मरण किया जा चुका है, जो अपने बेटों की रक्षा के लिए रणांगण में पुरुष-वेश धारण करके कूद पड़ती है और कैकेयी के उस ओज का भी, जहाँ लंका पर चढ़ाई करने के संदर्भ में भरत के साथ अपने को सबसे पहले प्रस्तुत करती है। गुप्त जी के काव्य में प्राय: जहाँ भी माँ की भूमिका आयी है, वह संक्षिप्त भले हो, लेकिन बहुत गहरी, बहुत सांकेतिक है। माँ के प्रति उनके मन में जो अपार सम्मान है वह काबा और कर्बला के उस प्रसंग में भी प्रकट हुआ है जहाँ हजरत मोहम्मद एक युवक को धर्मयुद्ध में जाने से इसलिए रोक देते हैं कि घर में उसकी अकेली माँ है, जिसका उत्तरदायित्व सिर्फ़

उस पर है। गुप्त जी के काव्य में पिताओं की भूमिका भी बेटियों-बहुओं के बारे में अत्यंत सदय है। शुद्धोदन बहुत संक्षेप में लेकिन बहुत निर्णायक कथन करते हैं :

'गोपा के बिना गौतम भी ग्राह्य नहीं मुझको' (यशोधरा)

'बक-संहार' में जब बेटी अपने को व्यर्थ बताते हुए, स्वयं पिता के स्थान पर बक का आहार बनने के लिए उद्यत होती है तो पिता का यह कहना पिता के व्यक्तित्व और धर्म का मानक है :

'यह आँख मेरी दूसरी
द्विज पाँख मेरी दूसरी।'

* * *

'मैं पड़ सकूँगा इस अधम अविचार में?'

नारी के स्वतंत्र व्यक्तित्व की रक्षा, पुरुषों के अत्याचार पर सीधी चोट और अन्यायपूर्ण आचार-शास्त्र पर व्यंग्य और प्रहार करने के लिए, जैसा कि ऊपर कहा गया है, गुप्त जी ने सामान्य नारियों, दानवियों या ऐसी स्त्रियों को चुना है जो उनके चरित-नायकों में संबद्ध नहीं है। इस बारे में शायद उनका यह विचार है कि इनके माध्यम से जहाँ वे नारी के प्रति अन्याय का प्रतिकार कर सकते हैं, वहीं आलोचना के माध्यम से नारी मात्र की पक्षधरता भी कर सकते हैं और इससे उनके आदर्श पुरुष लांछित भी नहीं होते। दानवी हिडिंबा जब भीम से विवाह के लिए अपने को प्रस्तुत करती है तो पृथा (कुंती) से उसकी झड़प होती है। इस संदर्भ में हिडिंबा समस्त मानव-संस्कृति के बनावटीपन पर बहुत सटीक और विचारणीय प्रहार करती है :

पृथा कहती है–'किंतु हम मानव हैं और तुम.....' उसकी बात काटते हुए, हिडिंबा उसका वाक्य प्रश्नवाचक में पूरा करती है–'राक्षसी?' और फिर उसका वक्तव्य शुरू हो जाता है। इस संवाद की पूरी रचना यों है :

'किंतु हम मानव हैं और तुम', 'राक्षसी'?'
बोली होंठ काट कर वह और भी कसी-कसी।
'यदि तुम आर्या हो तो दो हमें भी आर्यता
अपनी ही उच्चता में कैसी कृतकार्यता?
और राक्षसी भी मैं, असुंदरी भी वैसी हूँ?
सम्मुख उपस्थित हूँ, खरी खोटी जैसी हूँ।' (जय भारत)

हिडिंबा ने साफ कह दिया था कि खुद ऊंचे बन जाने में उच्चता नहीं है, दूसरों को ऊँजा उठाओ तभी तुम्हारी उच्चता सिद्ध हो सकती है। उसने खरी-खरी बात कही थी और अपने को यथावत् इतनी सहजता से प्रस्तुत कर दिया था कि उससे शायद 'मानवीय' सहजता अपने को अपमानित महसूस करने लगी। घृणा-सी प्रकट करते हुए तपाक से पृथा ने कहा, 'कृत्रिम', तो जैसे व्यक्तित्व की तेजस्विता और प्रखरता से गेंद की तरह उस शब्द को हिडिंबा ने अपने कब्जे में कर लिया और पूरी ताकत से इस वार को लौटा दिया :

'कृत्रिम' तो खोल दूँ यथार्थ की भी गठरी?
अंब, है अकृत्रिम तो हड्डियों की गठरी।' (जय भारत)

मानव की अलंकरण-वृत्ति पर तीखा वार करते हुए जैसे हिडिंबा आज की कॉस्मेटिक सभ्यता पर भी हमला करती है, क्योंकि नारी के अलंकरणों और शृंगारों को इस महाजैनी सभ्यता में नारी-शोषण का माध्यम बना दिया गया है। यानी अलंकरण से नारी खरीदी जा रही है और पदार्थ की तरह उससे बर्ताव किया जा रहा है। हिडिंबा इस प्रवृत्ति पर भी जैसे चोट करती है। इस तरह गुप्त जी इतिहास के क्षितिज से आधुनिक महाजनी सभ्यता को ललकारते हैं :

'कर-पद-अधर-कपोल-नख रंगना,
इष्ट नूपुरों के संग कांची-हार-कंगना।
नथ-तरकी ही तो अकृत्रिमता लाती है,
जब वह नाक-कान दोनों कटवाती है!' (हिडिंबा, जय भारत)

अपनी तेजस्विता, विद्रोह और विवेकसम्मत अपील से वह कुंती को प्रभावित कर लेती है। कुंती का प्रतिवाद अंततः इस संवाद में परिणत होता है और वह हिडिंबा के हाथ में भीम का हाथ दे देती है :

हिडिंबा-'निष्फल भी सच्चा प्रेम त्यक्त कहाँ होता है।'
पृथा-'तीर्थ ही बनता वह व्यक्त जहाँ होता है।'

हिडिंबा का प्रसंग 'जय भारत' में जिस तरह प्रस्तुत किया गया है, उसमें समकालीन आर्य समाज का शुद्धीकरण तो है ही, गाँधी युग की सादगी और समानता का भी प्रतिबिंब है, और है रीतिकाल की उस प्रवृत्ति का प्रत्याख्यान जिसमें माना जाता था :

'जदपि सुजाति सुलच्छनी सुबरन सुरस सुवृत्त।
भूषण बिन न बिराजई कविता बनिता मित्त।।' (केशव)

हिडिंबा वास्तव में 'अलंकरणों' को अपनी आलोचना का लक्ष्य बनाते हुए मानवीय संस्कृति में छिपी असुर प्रवृत्ति पर कटाक्ष करती है और प्रकारांतर से असुर जाति में जन्म लेने पर अपने को अधिक मानवी के रूप में प्रस्तुत करती है। क्योंकि गुप्त जी अलंकारों को छल और दानवीयता का लक्षण मानते हैं। लक्ष्मण के लौट आने पर जब सखी; उर्मिला से सज-धजकर उनका स्वागत करने को कहती है, तब उर्मिला कहती है :

'हाय सखी श्रृंगार मुझे अब क्या सोहेंगे
क्या वस्त्रालंकार मात्र से वे मोहेंगे?
नहीं नहीं, प्राणेश मुझी से छले न जावें
जैसी भी हूँ नाथ मुझे वैसे ही पावें।
शूर्पणखा मैं नहीं, हाय तू रोती है
अरी हृदय की प्रीति हृदय पर होती है।' (साकेत)

शूर्पणखा, गुप्त जी के साहित्य में आयी दूसरी दानवी है। वह अपने छल और प्रकृति से भी आसुरी है, परंतु उसके भीतर भी कहीं सामान्य नारी छिपी है, इसलिए नारी के प्रति अन्याय और पुरुष-तंत्र द्वारा नारी के लिए बंधनों की सृष्टि से कहीं-न-कहीं आहत है। मनुष्य को अपने अदानव होने का बड़ा घमंड है—शूर्पणखा उसके भीतर छिपी हुई दानवता को देख सकती है और दिखाने का साहस कर सकती है। असल में छल, शोषण, अन्याय वगैरह दानवीय वृत्तियाँ हैं जो नारी के प्रति पुरुष प्रकट करता रहा है और उसे ही नियम और आदर्श का नाम देता रहा है। लक्ष्मण जब अपने विवाहित होने के कारण शूर्पणखा से विवाह करना अस्वीकार कर देते हैं तो वह पूछती है कि क्या पुरुष दो-दो दाराओं वाले नहीं होते? (लक्ष्मण क्या जबाव देते? उनके पिता की दो क्या तीन दाराएँ थीं?) ऊपर से देखने पर शूर्पणखा का यह प्रस्ताव निर्लज्ज लगता है, लेकिन भीतर वह दूर तक आहात है, यह उसके इस उपालंभ, बल्कि आक्षेप से स्पष्ट है :

'नरकृत शास्त्रों के सब बंधन
हैं नारी ही को लेकर।
अपने लिए सभी सुविधाएँ,
पहले ही कर बैठे नर।' (पंचवटी)

पुरुषकृत आचार-संहिता, नियमों, विधानों और स्मृतियों पर एक झटके में, एक दानवी ने हमला कर दिया? ऐसा इसलिए कर सकी कि वह मानवीय संहिता से बंधी गुप्त जी की आदर्श नारी नहीं है, जो हर कुछ होने पर भी पुरुषों का बचाव करती है।

गुप्त जी महसूस करते हैं कि अखिल ब्रह्मांड में नारी की जाति एक है, क्योंकि हर जगह वह 'अबला' है। चाहे वह मानवी यशोधरा हो, दानवी मंदोदरी हो या देवराज्ञी शची हो! शायद इसलिए हिडिंबा कहती है कि 'होकर मैं राक्षसी भी अंत में तो नारी हूँ।' और नारी का अर्थ चाहे जो हो–एक बात में वह समान है कि हर हालत में स्त्री-शोषिता–अबला है। भला बताइए कि इंद्राणी शची को वाचस्पति जैसे देवगुरु, नहुष जैसे कामी की अंकशायिनी होने पर विवश करते हैं। शची तड़प उठती है–ठीक किसी साधारण स्त्री की तरह :

'सत्ता तो समाज की है, वह जो करे, करे।
एक अबला का क्या जिये, जिये; मरे, मरे।' (नहुष, जय भारत)

वह भी चूंकि मानवीय संहिता से बंधी नहीं है इसलिए तड़पते हुए तीखी हो सकती है, झुँझला सकती है। बेचारी यशोधरा को तो यह अधिकार भी नहीं। उसकी जगह कवि-करुणा को लेनी होती है, और वह भी उतनी ही विवशता से, गोया खुद यशोधरा का यह बयान हो :

'अबला जीवन हाय, तुम्हारी यही कहानी
आँचल में है दूध और आँखों में पानी।' (यशोधरा)

क्योंकि महापुरुषों की ये संभ्रांत, साध्वी पत्नियाँ सहने के अलावा क्या कर सकती हैं! इनकी तुलना में ग्राम-प्रधान की वह साधारण भार्या अधिक विद्रोही और पुरुष से टक्कर लेने वाली साबित होती है, जिसका पुरुष; इतिहास और संस्कृति का महान् नायक नहीं है। 'अनघ' (नाटक) के ये दो टूक संवाद देखिए जिसमें स्वयं गुप्त जी का विद्रोह और प्रतिकार प्रकट हो रहा है। क्योंकि ये संवाद जितने चुस्त, तीखे और अकृत्रिम सृजनशीलता से युक्त हैं, वे इनमें कवि की गहरी दिलचस्पी इंगित करते हैं। ग्राम-प्रधान (भोजक) अत्याचारी है, वह सामंतवादी शासनव्यवस्था का एक पुर्जा है जिसके माध्यम से साम्राज्यवादी व्यवस्था जनता का शोषण करती है। उसकी भार्या जन-हित में उसका विरोध करती है, बल्कि उसका मुकाबला करती है। देखें :

भोजक : बस बस रहो बोलो न अब
तलवार-सी तोलो न अब।

भार्या : यदि तुम किसी से कुछ कहो।
श्रवणार्थ भी प्रस्तुत रहो।

भोजक : मैं गाँव का शासक धनी
मेरी तुम्हीं त्रासक बनी।

भार्या : देते स्वयं जो ताप हैं
वे भोगते भी आप हैं।

* * *

भोजक : हैं अंग हम तो राज्य के

भार्या : तुम अग्नि हो उस भाज्य के
तब तो प्रजा की यह दशा!

भोजक : तुम हो बड़ी ही कर्कशा
बस नारि तुल्य रहो, अहो।

भार्या : तुम भी मनुज बन कर रहो।

भोजक : देखो न हो कलहातुरा।

भार्या : अन्याय से यह क्या बुरा?

भोजक : मैं त्याग दूँगा अब तुम्हें

भार्या : मैं रोकती हूँ, कब तुम्हें। (अनघ)

जो स्त्री पुरुष की धमकी के आगे न झुकने की दृढ़ता रखती हो, जिसे अबला-भाव वाले सतीत्व और कृत्रिम मर्यादा का भय न हो, वही पुरुष को आड़े हाथों ले सकती है। सैरंध्री (द्रौपदी) मत्स्यराज से साफ कह देती है कि 'जिस राजगृह में नारी भयभीत हो, उस पर अत्याचार होता हो, वहाँ के तुम जैसे राजा को प्रजारंजक कैसे कहा जाये?' (जय भारत) क्योंकि प्रजा में सबसे रक्षणीय तो स्त्री है, अगर उसी की रक्षा न की जा सके तो समझिए पूरी प्रजा ही अरक्षित है। इस तरह अपनी सीमाओं के बावजूद गुप्त जी ने नारी की करुणा, विवशता, उसके उदात्त और ममतालु गुणों को, उसकी क्षमाशीलता और धरतीरूपा व्यक्तित्व को अगर उभारा है, तो उसके प्रति अन्यायों और अत्याचारों के चित्र भी उकेरे हैं। यथा सीमा उन्होंने स्त्री द्वारा अत्याचारों का प्रतिकार और आधुनिक व्यक्तित्व की प्रतिष्ठा के संकेत भी दिये हैं। 'भारत-भारती' में उन्होंने आधुनिक युग के नारी विषयक विचारों और नवजागरणकालीन दृष्टि को भी प्रकट किया है। उन्होंने अपनी लगभग हर कृति में नारी को तलाशा है। 'गुरुकुल' लिखते हुए वे इस बात के लिए काफी

परेशान रहे कि वहाँ स्त्री के लिए 'बहुत कम अवकाश' है। उनका विचार था कि, 'कथाओं की अधिष्ठात्री, पवित्र भावनाओं की प्रतिमा और रस की जीवनी तो कुलांगनाएँ होती हैं। उन्हीं के पवित्र चरित्र के वर्णन से लेखनी अपने को कृतार्थ समझती है।' (उपोद्घात)। ज़ाहिर है कि रचनाएँ लिखने के दौर में गुप्त जी के चेतन और अचेतन में एक नारी मूर्ति बसी रही है, जिसे वे हर जगह खोजते, रचते और संवारते हैं। वे हमेशा महसूस करते रहे हैं कि व्यक्ति और समाज की उच्चता और सभ्यता का प्रतिमान है नारी–उसका अभिशप्त होना पूरी संस्कृति और सभ्यता का ही अभिशप्त होना है। परंतु गुप्त जी का स्त्रोत अतीत और सोच की धुरी महान पुरुष रहे हैं, इसलिए स्त्री को आधुनिक युग तक तराश कर लाने की कोशिश कई बार उनकी कुछ पूज्य अवधारणाओं के कारण संभव नहीं हुई। संभवतः जितनी उत्कटता से उन्होंने अतीत की भूमि पर खड़े होकर वर्तमान को ललकारा है, अगर उतनी की उत्कटता से वे वर्तमान की भूमि पर खड़े होकर अतीत को भी ललकार सके होते तो शायद उनके सोच का परिदृश्य कुछ तो भिन्न होता। परंतु वे जिस युग में रचना कर रहे थे; जो उनकी वैयक्तिक, सामाजिक और सर्जनात्मक सीमाएँ थीं, उनमें उन्होंने अपने कतिपय अंतर्विरोधों सहित भी अपने समय को जो गतिशील दृष्टि और सोच दिया है–वह अपने-आप में महाकाव्यात्मक है।

राष्ट्रकवि के काँधे पर धर्म की कावड़
संतुलन के तनाव

भारतीय मनीषा ने आकाशधर्मी उदारता से जो संस्कृति विकसित की थी वह 'संगम संस्कृति' थी। इसे प्राय: हिंदू-संस्कृति के रूप में परिभाषित किया गया–जो अपनी समावेशिता के कारण अनेक विपरीतधर्मी तत्त्वों की समष्टि बनने में समर्थ थी। उसके दर्शनों ने ही कितनी अलग तरह की बहसें उठायीं, मगर कोई भी उसमें निरादृत नहीं हुआ। इसी तरह विभिन्न धर्म और जातियाँ हिंदू संस्कृति की उदार छाया में पनपती रहीं। लेकिन जब से हिंदू, धर्म और जाति के रूप में सिमटने लगा, लगातार अर्थ संकोच और अपकर्ष का शिकार होते-होते अंतत: एक संप्रदाय का पर्याय हो गया तो उसकी समाई पर प्रश्न चिह्न लग गया। परिणामस्वरूप एक-सी सांस्कृतिक पृष्ठभूमि वाली जातियाँ और धर्म भी उससे छिटककर अपनी स्वतंत्र सत्ता का उद्घोष करने लगे।

लेकिन 'हिंदू' शब्द के जातीय स्वरूप के अवबोधन के बावजूद गुप्त जी के काव्य में उसकी एक सांस्कृतिक सत्ता भी बनी रही। अर्थात् वहाँ उसकी जातिगत संकीर्णता का निषेध और मौलिक सांस्कृतिक बोध का आह्वान हुआ। औरों से घृणा करके अपनी पवित्रता सिद्ध करने वालों का नहीं, उन पूर्वजों का स्मरण हुआ जिनका मूल मंत्र 'वसुधैव कुटुंबकम्' था–'वे थे ऐसे योग्य उदार/था कुटुंब उनका संसार।' (हिंदू) सबके भीतर अपने को और अपने भीतर सबको महसूसने वाली अंतर्यामी चेतना ही गुप्त जी के लिए हिंदूपन की पहचान थी–'सुना सृष्टि ने सोहं नाद/सर्वोपरि सच्चा संवाद।' (हिंदू) ऐसा नहीं है कि इसके बावजूद वे यह न जानते हों कि इतिहास के पिछले दौरों में क्या कुछ घटित होता रहा है! अगर न जानते तो क्यों शास्त्रों और संहिताओं का कूड़ाकरकट फटककर अगल करने का आग्रह करते:

'भुसी फटक देते हैं सूप
तुम तो हो फिर चेतन रूप।' (हिंदू)

हाँ, अतीत के प्रति कवि का मोह कम नहीं है, मगर प्रेरणा के लिए वे गतिशील और श्रेष्ठ अतीत का चयन करना पसंद करते हैं जो अपने समय को पहचानने और रचने में सहायक हो। इसलिए 'हिंदू' को संबोधित करते हुए वे जाति को नहीं, गुण को संबोधित करते हैं, और अगर वह जाति है, तब भी उसमें निहित उदात्त संस्कृति ही उन्हें ग्राह्य है :

'एक डाल में काँटे-फूल
जाति नहीं, गुण मंगल मूल।' (हिंदू)

हिंदू होने से ही कोई श्रेष्ठ नहीं हो जाता, मंगलमूलता से ही उसकी परीक्षा होगी। यह विभाजन दृष्टि उस संकीर्ण जातिवाद के खिलाफ पड़ती है जिससे लिए अंतिम निर्णायक तत्त्व जाति है।

इस बारीकी से, लेकिन अत्यंत महत्त्वपूर्ण अंतर को न समझकर कुछ लोग व्यंग्य से तो कुछ नितांत सांप्रदायिक उत्साह से गुप्त जी को हिंदू कवि कहते हैं। दोनों ही नहीं जानते कि गुप्त जी के भीतर कितनी तीखी बहस चल रही है, तब भी उनकी सचेत वैष्णवता अर्थात् उदात्तता और उदारता नहीं हारती। वे अपने भीतर संस्कार और समय की लड़ाई लड़ रहे हैं जिसे उनकी कविता में ऊपरी सतह पर देखना मुश्किल है। क्योंकि अंदरूनी हलचल को वे बाह्य के स्तर पर ठीक वैसे ही अप्रकट रखना चाहते हैं, जैसे कोई (निस्तरंग) समुद्र भीतरी हलचलों को पी गया हो। यानी अपनी झंझट में पाठक को नहीं उलझाते। (इस बात का जायजा हम आगे लेंगे)।

गुप्त जी का ही क्या, संसार-भर के आस्तिक कवियों का (और कुछ अंशों में नास्तिकों का भी) रचना-स्त्रोत और माध्यम उनकी अपनी संस्कृति, उसकी कथाएँ, प्रतीक आदि रहे हैं। क्योंकि वे उनके संस्कार, विचार और व्यक्तित्व में बसे होते हैं—इसलिए रचना के अंतरंग उत्प्रेरक हो सकते हैं और उनके जरिये कवि में कहने की मजबूत पकड़ आती है। भारत का कवि भारतीय संस्कृति के स्त्रोत और माध्यम से अपनी बात न कहेगा तो क्या इजिप्शिन या इंग्लिस्तानी संस्कृति के माध्यमों और प्रतीकों से कहेगा, जिसके बारे में उसे मात्र किताबी या सूचनात्मक ज्ञान है? और क्या रचना ऐसी नादान इबारत है कि जिन माध्यमों और स्त्रोतों के जरिये वह कहती है, वही उसे कहना भी होता है? आशय यह है कि हमें दीपक को ही नहीं, उन चीज़ों को देखना है जो दीपक द्वारा प्रकाशित हुई है। अगरचे गुप्त जी के स्त्रोत, माध्यम और रचाव, जातीय, सांस्कृतिक और धार्मिक हों, तब भी, बल्कि तब तो

ज़रूर, उनकी रचना से पूछा जाना चाहिए कि वह पाठक को सांप्रदायिक और धार्मिक बनाती है या मानवीय? मनुष्य को शेष सृष्टि की सन्निधि में खोलती है या संकीर्ण अहं केंद्रों में घुसा देती है? या उदात्त बनाती है या गुहात्त? समझदार बनाती है या उन्मादी और बेवकूफ? क्योंकि गुप्त जी उद्देश्यपरक कवि हैं इसलिए उनकी कृति के बारे में इस तरह न सोच सकने वाले बुद्धिजीवी उस मामूली पढ़ी-लिखी, मगर समझदार जनता की तुलना में कुछ ज्यादा ही अनपढ़ मालूम होते हैं, जिसने इन कृतियों से ज्यादा बड़ी और सार्थक दुनिया हासिल की है।

संस्कृति, अतीत में स्थापित हो गया दस्तावेज नहीं है–अनवरत विकसित आभ्यंतर है। यह आभ्यंतर ऐतिहासिक और भौगोलिक सीमा में घटित अनेक घात-प्रतिघातों, सम्मिश्रों, समीकरणों-विषमीकरणों से लड़ते-झगड़ते विकसित होता है। क्या गुप्त जी न जानते होंगे कि संस्कृति की समकालीन निष्कृति और परिणति को भूलकर मात्र उस पर गर्व करने या उसकी आरती उतारने से सांघातिक, सार्थक और गतिशील मूल्यों की रक्षा नहीं की जा सकती? उनका यह कहना संभवत: निष्प्रयोजन न होगा :

'बन कर पूर्वज सदृश समर्थ
नयी समस्याओं के अर्थ
करो नयी विधियाँ निर्माण
समय स्वयं है बड़ा प्रमाण।' (हिंदू)

इतिहास में रहते हुए उन्होंने जो रचा है वह इतिहास का तथ्य है (जिसके लिए वे उत्तरदायी नहीं है)। चाहे वह उत्कर्षायकर्ष हो, मारकाट, घृणा या महानता ही क्यों न हो, (यद्यपि चयन में भी दृष्टि की भूमिका होती है, लेकिन उसकी सीमा है) वास्तव में इतिहास के बाहर निकलकर कवि जो सोचता और रचता है, वही कवि का सोच है, उसकी दृष्टि है। 'गुरुकुल' लिखते हुए गुप्त जी ने जिस अंतर्द्वंद्व का सामना किया है वह इतिहास में रहते हुए इतिहास से निकलने की कोशिश है। अंतर्द्वंद्व को 'द्वंद्वात्मक दृष्टि' में विकसित कर पाना एक सर्जक की ही जिम्मेदार भूमिका हो सकती है (फिर चाहे वह नृविज्ञानी ही क्यों न हो!) अगर गुप्त जी हिंदू कवि थे तो अपने हिंदूपने से बाहर आने की उनकी जद्दोजहद का सृजनमूल्य कहीं ज्यादा गंभीर और महत्त्वपूर्ण है।

गुप्त जी की अंदरूनी लड़ाई और विकासमान संस्कृति-निगाह की पहचान के लिए उनके तीन काव्यों को एक साथ लेते हैं 'हिंदू', 'गुरुकुल' और 'काबा और कर्बला।'

'हिंदू' में उन्होंने संस्कृति के चिरंतन वैश्कि मूल्यों का जातीय परिदृश्य में स्मरण किया, इनके प्रकाश में उन्होंने परवर्ती निष्कृतियों को जाँचा, इसी प्रक्रिया में उन्हें पारंपरिक ह्रास के चिह्न भी दिखायी दे गये। उन्हें लगा कि सांस्कृतिक श्रेष्ठता को आजतक तक लाने में ऐसी चीज़ें भी घिसट आयी हैं, जो कमल को उखाड़कर लाते हुए उसके साथ आ जाती हैं। उन्हें लगा कि ये सांस्कृतिक निर्मलता को दूषित करती हैं। इसलिए निषिद्ध और त्यजय हैं। वास्तव में साफ-सुथरेपन में ही संस्कृति का युगांतरण कवि को स्वीकार था :

'मार्ग बड़ों का हो स्वीकार
पर वह रहे परिष्कृत आर्य।' (हिंदू)

समय के परिवर्तन के साथ कुछ चीज़ें पुरानी पड़ जाती हैं, कुछ का 'मुलम्मा उतर जाता है', इसलिए त्याग और परिष्कार सांस्कृतिक संवहन की अनिवार्यताएँ हैं। गुप्त जी जानते हैं कि इतिहास-यात्रा सरल गति से नहीं होती। जाति, धर्म और संस्कृति में विपरीत भी घटित होता है इसलिए उनका मूल्यांकन स्थितिमूलक नहीं, गतिमूलक होना चाहिए। यह कितने पते की बात है और कितनी सटीक भी, कि :

'दीपक से भी कज्जल जात
और पंक से भी जल जात।' (हिंदू)

जिसे हम आलोकदायी मानते हैं उससे कज्जल निकलने लगता है और जिसे घृणित, दूषित मानते हैं उससे कमनीयता, निर्मलता और सौंदर्य का सृजन होता है। इसके बावजूद कोई कहे कि गुप्त जी जाति और संस्कृति को स्थिति के रूप में पकड़कर बैठे हैं, उनका मानस जातिवादी और रतौंध है तो बस 'चुपाई मारो दुलहिन!'

'हिंदू' लिखते हुए गुप्त जी को प्राय: अंतर्द्वंद्व से नहीं गुजरना पड़ा क्योंकि उन्होंने हिंदू संस्कृति और हिंदू जाति को पृथक्-पृथक् नहीं माना। वे जातीय इतिहास की उत्कृष्टता को सांस्कृतिक संदर्भ में गाते चले गये और जातीय पतन को संस्कृति में उत्पन्न विकार का प्रतिरूप मानते रहे। दूसरी बात यह है कि पुनरुत्थान और पुनर्संस्कार को समय साक्ष्य के आधार पर, नवता के निर्माण की अपनी चिर-परिचित, समवायी शैली में, विश्लेषणपरक सूक्ष्मता के बिना; उपदेशात्मक या प्रेरणात्मक पद्धति में व्यक्त करते रहे। इतिहास की द्वंद्वात्मक प्रक्रिया से गुजरे बिना उनका काम चल गया। यानी वे यहाँ उस सड़क पर चल रहे थे जिसके दायें-बायें कोई नहीं था।

परंतु 'गुरुकुल' में उनका संघर्ष बहुत सघन था। इस काव्य का जन्म समसामयिक आवश्यकता और राष्ट्रीय कर्तव्य के तहत हुआ था। स्वाधीनता-संघर्ष

के उस दौर में जब सभी भारतीय जातियों की एकता पिछले किसी भी समय की तुलना में अधिक ज़रूरी थी, सिक्खों के भीतर पृथकता का उबाल आया हुआ था।

हिंदू और मुसलमानों के जातीय दंगों से चिंतित राष्ट्र के लिए यह एक नयी और भयावह चिंता थी। सिक्खों का अलगाव न सिर्फ़ गुप्त जी की, बल्कि आम भारतीय की राय में हिंदुओं की ही संगठित शक्ति का टूटना और बिखरना था और इस समय तो वह जाति-विरोधी ही नहीं देशघाती कदम भी था। सिक्खों को हिंदुओं से मिलाना उन्हें एक तरह से हिंदुस्तान से ही मिलाना था, क्योंकि उनका हिंदुओं से टूटना हिंदुस्तान से टूटने की ही भूमिका लगता था। इसलिए इसे जातीय संदर्भ से अधिक राष्ट्रीय संदर्भ में देखा गया। गुप्त जी का भी यही संदर्भ था। हिंदुओं से सिक्खों की एकता की अपील करने वाले काव्य को समकालीन राष्ट्रीय आह्वान में बदलकर कवि ने अपने अभिप्राय को और भी मुखर कर दिया है। गुरुगोविंद सिंह बंदा बैरागी से कहते हैं :

'मुझे उबारो मुझे बचाओ
तुम्हें पुकार रही मा भ्रांत
और पुत्र होकर तुम उसके
खोज रहे हो यह एकांत!
घर में घुस आये हैं तस्कर
करके उच्च हिमालय पार।'

* * *

'जिसके तीन ओर अर्णव हैं
चौथी ओर हिमालय पीन
ऐसा देश दुर्ग पाकर भी
रह न सके हा हम स्वाधीन।'

काव्य के 'परिशिष्ट' में कही गयी निम्नांकित पंक्तियों को उक्त संदर्भ में देखने पर स्पष्ट होगा कि जातीय एकता और राष्ट्रीयता को कवि ने एक ही स्तर पर देखा है। सिक्खों से अपील की गयी है :

'सिक्खों राज्य गया जाने दो
ले अतीत से कुछ उपदेश
छोड़ो वह संकीर्ण भावना
देखो अपना देश-निवेश।

आओ अपनों के अंगी हो,
पाओ सक्षमता से क्षेम।
बनो राष्ट्र के सच्चे नागर
करो नागरी से तुम प्रेम।'

(और क्या यह अनुरोध आज के संदर्भ में और भी अधिक प्रासंगिक नहीं है।)

यह कहना झूठ होगा कि यहाँ 'अपनों' का अर्थ 'हिंदू जाति' नहीं है। यह सरासर जातीय अपील थी। जब औरंगजेब के अत्याचार से अपनी रक्षा की प्रार्थना करने कश्मीर के ब्राह्मण गुरु तेगबहादुर के पास आये थे तो उन्होंने गुरु से कहा था कि आप न सिर्फ़ जाति से बल्कि धर्म से भी हिंदू हैं, इसलिए भले आपका मत हमसे भिन्न हो, आप हमारे 'अपने' हैं और अपने ही अपनों के काम नहीं आयेंगे तो कौन आयेगा? :

'मत विभिन्नता होने पर भी
आते हैं अपने ही काम।'

* * *

'नहीं जाति से ही हिंदू हैं
आप धर्म से भी हैं आर्य।'

सिक्ख पंथ के उदय का इतिहास सर्वविदित है। गुरुनानक हिंदू थे। उन्होंने मुस्लिम अत्याचारों से हिंदुओं की रक्षा के लिए ही 'सिक्ख पंथ' की स्थापना की थी। लंबे समय तक हिंदू और सिक्ख परिवार के बंधु-युग्मों में से एक सिक्ख और एक हिंदू हुआ करता था। बाद में हुई पृथकता के अनेक ऐतिहासिक और सत्तागत कारण रहे हैं। इसी श्रृंखला के बीच में से निरस्त करके पुनः उनसे एक हो जाने का आग्रह 'गुरुकुल' में किया गया है। बंदा बैरागी का कहना यही था :

'हिंदू जाति एक जननी है
जात उसी का सिक्ख समाज।
किंतु आज वह रूठ रहा है
हुआ हठी हेकड़ हा! लाज!'

* * *

'सिक्ख-संघ हिंदू-कुल का ही
निज रक्षार्थ संगठन मात्र
गुरुओं ने नियमानुसार ही,
किये सुशिक्षित अपने पात्र।'

अर्थात् हिंदुओं से सिक्खों के ऐतिहासिक संबंधों की दुहाई दी गयी है। लेकिन ऐसा करते हुए गुप्त जी को गंभीर मानसिक द्वंद्व से गुजरना पड़ा होगा। उनकी छवि राष्ट्र कवि की थी। अपने मन में कोई संकीर्णता भी वे आने देना नहीं चाहते थे। अतः हिंदुओं और सिक्खों से एक होने के आग्रह के साथ उनके मन में इस आशंका का उठना भी स्वाभाविक था कि इससे कहीं अन्य जातियाँ अपने को राष्ट्रीय धारा ये विलग न मान लें–खासकर मुसलमान। क्योंकि इतिहास के स्तर पर सिक्खों को हिंदुओं से जोड़ने की कोशिश, उसी स्तर पर मुसलमानों से उन्हें पृथक किये बिना प्रायः संभव न थी। कारण कि सिक्खों का इतिहास, मुस्लिम अत्याचारों के बिना लिखा ही नहीं जा सकता था। सिक्खों और मुसलमानों का वैर सनातन था : 'चला धन्य गुरु विजय पंथ वह/ यहाँ यवन-भय के ही संग।' यह ऐतिहासिक तथ्य था। दस में से चार गुरु मुस्लिम क्रूरता की बलि चढ़ गये थे। गुरु गोविंद सिंह के दो बेटों को यवन बादशाह द्वारा दीवार में चुनवा दिया गया था। आये दिन जबरी धर्मांतरण, धर्मस्थानों का ध्वंस और तरह-तरह के पाशविक अत्याचार हिंदुओं के साथ सिक्खों पर भी होते थे। इस स्मृतियों से सिक्खों का इतिहास भरा पड़ा है। गुरुओं का शौर्य, महत्त्व और उत्सर्ग, यवन-कृत्यों की भर्त्सना के बिना गौरवान्वित और न्यायसंगत सिद्ध नहीं किया जा सकता था। आधुनिक कवि के लिए यह ज़रूरी भी था, वरना उसमें और उन मध्यकालीन राज्याश्रित भाट कवियों में क्या अंतर रह जाता जो न तो युद्ध का प्रयोजन देखते थे, न कारण–बस उन्हें तो अपने मालिकों की 'वीरता' और 'यश' का बखान करना था–फिर यह 'वीरता' भले किसी पड़ोसी राजा की लड़की को हासिल करने में दिखायी जा रही हो या अकारण किसी का राज्य हड़पने में। लेकिन 'गुरुकुल' के कवि को तो दिखाना था कि सत्य, न्याय, अत्याचार का प्रतिरोध करने के लिए गुरुओं ने शौर्य प्रकट किया था या उत्सर्ग किया था। ऐसे प्रसंगों में प्रतिपक्ष तो होता ही है। गुप्त जी यह तो चाहते थे कि सिक्खों के तत्कालीन वैमनस्य को, सिक्ख पंथ के उदय और परंपरा के परिप्रेक्ष्य में समाप्त करने की अपील करें, परंतु वे यह नहीं चाहते थे कि हिंदू एकता के नाम पर सिक्खों के पारंपरिक मुस्लिम वैर को उभारा जाये। क्योंकि हिंदुओं और सिक्खों की एकता के साथ उनके सामने राष्ट्रीय एकात्मता का बड़ा सवाल भी मौजूद था। लेकिन इतिहास के स्तर पर यह समझना (तत्कालीन स्थितियों में) संभव न था कि हिंदुओं के जरिये सिक्खों को दरअसल भारत से ही जोड़ा जा रहा है। अगर इतिहास से कटकर यह बात कही जाती तो शायद उस पर भरोसा भी किया जा सकता था। जो हो, इतना स्पष्ट है कि गुप्त जी का इरादा सिक्खों को हिंदुओं से जोड़ते हुए,

मुसलमानों से उन्हें जुदा करने का नहीं था। परंतु वे गुरुओं के इस इतिवृत्त का क्या करते, जिसकी स्मृतियाँ इस युगपत समन्वय के प्रतिकूल थीं? यह कितना विसंगत था कि हिंदू सिख एकता के लिए इतिहास को उत्खनित किया जाये और दूसरी ओर मुसलमानों से पार्थक्य न होने देने के लिए, उसी इतिहास के कारणभूत तथ्यों को भूल जाने को कहा जाये! क्या किसी भी व्यक्ति या जाति से यह उम्मीद कर सकते हैं कि इतिहास पढ़ते हुए वह आधा याद रखे और आधा भूल जाये-जबकि स्मरणीय आधा इतिहास खुद-ब-खुद द्वित्वमय हो और उसकी अपनी शर्त हो कि या तो वह पूरा याद रहेगा या पूरा भूला रहेगा। जबकि गुप्त जी को यह स्वीकार न था; लेकिन उन्होंने खतरा ही ऐसा उठाया था जिस पर काबू पाना उनके वश में न था। आधुनिक युग के राष्ट्रकवि के लिए क्या यह अंतर्द्वंद्व सामान्य था?

गुप्त जी इस रचना में शायद उसी द्वंद्व से गुजर रहे थे जिससे तत्कालीन कांग्रेसी नेता। क्योंकि कांग्रेस पर भी हिंदूवादी होने का लेबल चिपका दिया गया था, जिसे धोने की कोशिश जब-तब उसके नेतृत्व को करनी पड़ती थी और बहुतेरे ऐतिहासिक और वास्तविक तथ्यों पर जबरन पर्दा डालना पड़ता था। क्योंकि भले इतिहास पट्टी पर लिखी इबारत न हो, जिसे आसानी से मिटा दिया जाये, परंतु एकता और सौहार्द्र तत्कालीन भारत की जिजीविषा का पर्याय था जिसके वास्ते वह कटुता का पुराना इतिहास भुलाने की जी तोड़ कोशिश कर रहा था।

इतिहास के अध्येता जानते हैं कि किसी भी देश की मूल जातियाँ काल-क्रम में विशुद्ध नहीं रह जातीं, लगातार सम्मिश्रों और विघटनों से इतिहास का विकासफलक तैयार होता है। इसलिए कभी-कभी इतिहास का विस्मरण, उसके स्मरण से ज्यादा हितकर होता है—क्योंकि भूलना सृष्टि-क्रम का अनिवार्य भाग है। अगर ऐसा न होता तो यह दुनिया जाने कितने हिस्सों में बँटकर आदिम बनी रहती और शुद्धता के अकेले अहंकार में विषमीकरणों और निरर्थकताओं का ढूह बनकर रह जाती और अधिकांश लोग अनैच्छिक जन्मों के बावजूद धरती पर अवांछित करार दे दिये जाते। यह ठीक है कि गुप्त जी भी इतिहास को अंतिम सत्य या वर्तमान संबंधों का एकमात्र निर्धारक नहीं मानते थे। लेकिन यहाँ उन्होंने इतिहास को ही पुनर्संबंधों का माध्यम बनाया था, इसलिए यह गुत्थी उनके लिए उलझ गयी थी। त्रासदी यह थी कि वे दोहरे समीकरण के लिए जो उदाहरण लेते, उनकी परिणतियाँ उन्हीं की इच्छा के प्रतिकूल पड़ती थीं। वरना इस रचना में उन्होंने इसमें कोई कसर नहीं उठा रखी थी कि जहाँ भी संभव था हो, सिक्खों के इतिवृत्त में आये ऐसे प्रसंगों को उभारें जिनसे साबित हो सकता हो कि समूची जाति सिक्खों की शत्रु या मित्र नहीं

थी। हिंदुओं और सिक्खों ने भी गुरुओं को धोखा दिया था और मुसलमानों ने भी उन्हें मदद दी थी। (क्योंकि 'गुरुकुल' काव्य में गुरुओं की श्रेष्ठता ही केंद्रीय है, इसलिए उनसे अनुकूल और प्रतिकूल संबंधों के आधार पर ही श्रेष्ठता या निकृष्टता को प्रकट किया गया है।) लेकिन इसके जरिये वे अपनी मूल आकांक्षा को प्रायः स्थापित नहीं कर सके और अनेक विरोधाभासों में उलझ गये। उदाहरण के लिए बंदा वैरागी हिंदू-मुस्लिम संबंधों को लेकर कहते हैं कि :

'एक काल की विधि विशेष पर
करें न हम चिर काल प्रमाद।'

अर्थात् बंदा ने कहा था कि विरोध को चिरकाल तक चिपटाये रखना 'प्रमाद' है। वास्तव में यह कथन स्वयं गुप्त जी का ही था, क्योंकि बंदा वैरागी के और तत्कालीन सिक्खों के अनुभव इस कथन के विपरीत थे। इन्हीं बंदा को यवन बादशाह द्वारा पकड़ लिया गया था और दरबार में लाल चिमटों से उनकी खाल नोच कर उन्हें मार डाला गया था। दूसरी ओर बंदा बैरागी को धोखा देकर यवनों से आ मिलने और बंदा के पकड़े और मारे जाने का कारण बनने वाले सिक्ख सैनिकों को बादशाह द्वारा सम्मान और आश्रय मिलना तो दूर, उन्हें भी एक-एक करके मौत के घाट उतार दिया गया था। क्या यह जातिगत अविश्वास और घृणा का प्रमाण नहीं था? तब बंदा और सिक्खों के इस इतिवृत्त को प्रामाणिक मानें या उनके उस कथन को, जिसके द्वारा वे वैर के इतिहास को भूलकर पुनः पूर्व शत्रुओं से प्रेम संबंध जोड़ने की ओर इशारा कर रहे हैं। गुरु गोविंद सिंह ने उन पठानों के बच्चों को भी अपने पुत्रों की तरह पाला था जिनका वध उनके हाथों हुआ था। परंतु बच्चे प्रेम के खातिर पुराने वैर को नहीं भूले और उन्होंने गुरु पर तलवार से वार किया, जिससे उनके प्राण चले गये। यों गुरु ने शिष्यों से उन घातक लड़कों को क्षमा-दान दिलवाया, मगर यह संदेश छोड़ गये :

'विष का वृक्ष काट कर उसके
कभी न छोड़ों अंकुर रम्य।'

लड़कों को क्षमा-दान दिलवाने के बाद इस कथन का क्या यह आशय नहीं है कि भले गुरु ने निजी तौर पर उन्हें क्षमा करवा दिया हो, परंतु अपनी जाति को वे जिस चीज़ की हिदायत दे गये—वह उनके क्षमा-दान से मेल नहीं खाती। गुरु अर्जुन देव के शत्रु चंदू साह का हश्र भी उक्त विद्रोही सिक्ख सिपाहियों की तरह ही हुआ। चरित्रांकन के जरिये कोई तथ्य स्थापित नहीं किया जा सकता तो सिर्फ़ कवि द्वारा

कही या कहलाई गयी उक्तियाँ-सूक्तियाँ काफी हद तक निष्प्राण हो जाती हैं। सैयद बुद्धूशाह और मियाँ मीर दो ऐसे मुस्लिम-व्यक्तित्व थे, जिनकी स्मृतियाँ अवश्य ही सिक्खों के मन में मुस्लिम-विरोध को कम कर सकती हैं। गुप्त जी ने अपने काव्य में इन्हें यथोचित महत्त्व दिया। मियाँ मीर ने गुरु हरगोविंद को जहाँगीर की कैद से छुड़वाया था और उसे पर धर्मसहिष्णुता की सीख दी थी। लेकिन बुद्धूशाह का गुरू गोविंद सिंह को दिया गया सहयोग और अपने पुत्र की बलि सिक्ख इतिहास की अप्रतिम स्मृति है। गुरु गोविंद सिंह ने अपने मित्र बुद्धूशाह के कारण पठानों को अपनी सेवा में भर्ती कर लिया था, लेकिन वे पहाड़ी राजाओं से युद्ध के ऐन मौके पर धोखा देकर भाग गये, तब अत्यंत दु:खी होकर स्वयं बुद्धूशाह अपनी सेना लेकर गुरु के युद्ध में सहभागी हुए और इस युद्ध में उन्होंने अपना बेटा तक खो दिया। गुरु के बहुत कृतज्ञ हुए, उन्होंने शाह को अपना भाई माना, आधी पगड़ी दी और प्रमाणस्वरूप पत्र दिया। ऐसे उदाहरण हालाँकि व्यक्तिगत होते हैं, लेकिन जातीय स्नेह-बंधन के लिए इनका पवित्र-स्मरण बहुत उपादेय होता है। गुप्त जी ने इन कुछ 'प्रतीकों' का नवीन स्नेह-मिलन के लिए ज़रूर इस्तेमाल करना चाहा है। इसी परिप्रेक्ष्य में गोविंद सिंह का यह कहना चरितार्थ होता है :

'यवनों का हिंदू विरोध ही
मुझे किये है यवन-विरुद्ध,
और नहीं तो मनुज-मात्र में,
रखता हूँ मैं समता शुद्ध।'

गुप्त जी ने इस कृति में बार-बार यह कहा है कि सिक्खों का संपूर्ण संघर्ष और कटुता प्रतिक्रिया स्वरूप थी। उनके भीतर दूसरों के धर्म का विनाश या धर्मोन्माद जैसी भावना नहीं थी। इसलिए इसका उत्तरदायित्व क्रिया पर था। यदि क्रिया थम जाती तो प्रतिक्रिया अपने-आप थम सकती थी, क्योंकि प्रतिक्रिया को संचालित करने वाली शक्तियाँ उदार और मन से उन्नत थीं। गुरु हरगोविंद के बारे में कवि ने अन्यत्र कहा है :

'न था व्यक्तित्व था समष्टिगत
यवनों से गुरुवंश विरोध।'

इन कथनों में गुप्त जी कहना कुछ चाहते थे, कह कुछ गये। वे असल में जातीय वैर का शमन करना चाहते थे, परंतु उक्त उदाहरणों और कथनों के जरिये क्या यही साबित नहीं होता कि पंक से जैसे कमल भी निकल सकते हैं वैसी ही

स्थिति इन कुछ अपवादों की है। 'यवनों का हिंदू विरोध' समष्टिगत यानी जातीय था और जातीय स्तर पर ही इसका प्रतिकार किया जा रहा था, ऐसी स्थिति में जातीय द्वेष का शमन कहाँ हुआ? 'कर्बला' में हुसेन भी यही कहते हैं : 'ईश्वर साक्षी, नहीं व्यक्तिगत मेरी पीड़ा/देख स्वदेश स्वजाति पतन बजती है पीड़ा।' उनके इस कथन में, तमाम परिस्थितियों को देखते हुए अंतर्विरोध की प्रतीति नहीं होती। अर्थात् उनका वही आशय है, जो उन्होंने कहा है। जबकि 'गुरुकुल' के इन उदाहरणों से गुप्त जी कहना तो यह चाहते थे कि सिक्खों का विरोध जातिगत यानी समूची जाति से नहीं था, उन कर्मों से था, जिनके जरिये समूची जाति सिक्ख या हिंदू जाति के प्रति अत्याचारी हो गयी थी, अगर वह अपना चरित्र वैसा बना लेती जैसा बुद्धशाह या मियाँ मीर का था, तो जाति उनके मिलन में बाधक नहीं होती, किसी वैयक्तिक स्वार्थ या जातिगत घृणा से प्रेरित होकर सिक्ख मुस्लिम विरोध नहीं कर रहे थे। परंतु अपनी सारी सादाशयता के बावजूद गुप्त जी इसका स्पष्ट विश्लेषण नहीं कर सके। इसमें एक बड़ी बाधा वह इतिहास भी था जो एक-दो सदाशयियों को अपवाद बनाकर छोड़ देता था, क्योंकि इतिहास के अनुसार जब-जब गुरुओं की ओर से यवनों के प्रति विश्वास प्रकट किया गया, प्रेम का हाथ लगा। इसे संतुलित करने के लिए कवि ने उन तमाम उदाहरणों को भी जुटाया जिनमें स्वयं गुरु के अनुयायियों, सजातीयों और हिंदुओं ने उनसे विश्वासघात किया या शत्रुता की, परंतु ये उदाहरण पुनः अपवाद की तरह थे। दोनों अपवाद अंततः जातीय भावना को निरस्त नहीं कर सके। यहाँ भी कुछ इस तरह का द्वंद्व है मानो एक अपवाद को तो जातिगत या प्रतीक समझा जाये और दूसरे अपवाद को वैयक्तिक और चरित्रगत। यहीं मुझे 'काबा और कर्बला' का एक प्रसंग याद आ जाता है जो 'गुरुकुल' से मिलता-जुलता है। एक युद्धबंदी खलीफा उमर की हत्या कर देता है कवि कहते हैं :

'विजयी जो हो विजित निकट है अत्याचारी,
एक बद्ध रिपु हुआ उमर का हत्याकारी।'

लेकिन इसी तरह का सोच कवि में तब नहीं जागता जब पिता का वध कर देने वाले गुरु गोविंद सिंह द्वारा पालित उसी के बच्चे उन पर वार कर देते हैं। यहाँ कवि कहता है कि भले ही तपोवन में हिंस्त्र जंतु अपनी हिंस्त्रता छोड़ दें, मगर वे अपनी मूल प्रकृति नहीं छोड़ सकते :

'किंतु प्रकृति तो कभी किसी की
नहीं पलटती कभी समूल।'

यह प्रकृति 'जातीय' है। क्या कवि के मन में इतिहास ने कहीं यह बात तो नहीं बैठी दी है कि मुस्लिम अंततः हिंस्र जाति है। उसका सुधार या उसे स्नेह देकर भी गुलागम नहीं बनाया जा सकता। यह गुप्त जी के भीतर बैठा हुआ वह व्यक्ति बोल रहा है जो उस जाति का अंग है–जिसे पददलित पराभूत और अपमानित किया गया था। जबकि कवि की उच्च राष्ट्रीय चेतना का ऐसा इरादा नहीं था कि वह यह बात कहे। संभवतः उक्त कथन में कवि पठान-बापों की हिंस्रता पर टिप्पणी करना चाहते रहे होंगे, परंतु उनकी अभिव्यंजना ने उनके संस्कार को आत्म परिष्करण के बावजूद अव्यक्त नहीं रहने दिया। रचना से रचनाकार नहीं छिप पाता और यही बात गुप्त जी के भीतर जारी उस घमासान को व्यक्त करती है जिसे वे अपनी बाहरी शांत मुद्रा द्वारा व्यक्त नहीं करना चाहते थे। अपना झगड़ा अपने तक सीमित रखकर यानी अपने को जीतकर जनता तक प्रेम और सौहार्द्र पहुँचाना ही उनका उद्देश्य था।

इस बात को और स्पष्ट किया जाये कि गुप्त जी स्वयं हिंदू संस्कारों से 'संस्कारवान' थे। क्योंकि उन्होंने उसका उत्कृष्ट ही ग्रहण किया था–अपने व्यक्तित्व में भी और कृतित्व में भी। परंतु यहाँ उन्हें अपने जातीय बोध से खूब लड़ना पड़ा। क्योंकि इतिहास के साक्ष्य, जातीय स्मृति के रूप में उन्हें जो कुछ लिखने को बाध्य कर रहे थे–वे उसके ख़िलाफ़ खड़े होना चाहते थे। इसी कारण अपवादों से इतिहास के संतुलन का काम ले रहे थे–जो काफी मुश्किल काम था। नतीजे में एक विचित्र द्वंद्व उनके अभिप्राय को विसंगति से नहीं बचा पाया। जहाँ ऐतिहासिक द्वंद्व को वस्तुगत विश्लेषण और कालगति की अंतर्क्रियाओं से एक दृष्टि दी जा सकती थी, वहीं वे उसका औपचारिक और वृत्तगत ढाँचा खड़ा करके उससे निपटना चाहते थे।

सारे संसार में जातियों के बीच (और एक ही जाति के बीच भी) वैमनस्य, आक्रमण प्रतिरोध-प्रत्याक्रमण का इतिहास अनजाना नहीं है। इससे इनकार का कोई कारण प्रतीत नहीं होता। परंतु इतिहास-क्रम में ऐसे अंतर्कारण भी होते हैं जिससे संतुलन या समीकरण बदल जाता है। हिंदुओं की रक्षा के लिए बना सिक्ख संघ जिन कारणों से उनसे पृथक या विरोधी हुआ, उनमें जातीय स्तर पर क्या हिंदुओं की कोई भूमिका न रही होगी? खुशवंत सिंह ने अपनी पुस्तक 'The Sikhs' में 1921 का वह संदर्भ दिया है जब पंजाब प्रांतीय सभा में गुरुद्वारा प्रबंध के बारे में जातीय संतुलन न बदल गया था। पिछले इतिहास में और परवर्ती काल में भी उभय पक्षों की ओर से कुछ त्रुटियाँ की गयी होंगी। अलावा इसके ऐसे अनेक राजनीतिक, आर्थिक, सामाजिक या मनोवैज्ञानिक कारण रहे होंगे, जिनसे खाई पैदा हुई या बढ़ी होगी। दूसरी ओर मुसलमानों की पूजा विधि, समानता, या कुछ आचारों के साम्य को भी उनके समन्वय सूत्र के रूप में देखा जा सकता था।

इसी तरह के तमाम भीतरी विश्लेषणों में न जाकर कुछ सतही प्रसंग जुटाना, या सिर्फ़ एकता की गुहार लगाना–मिलन भूमिका के लिए बहुत अपर्याप्त था। गुप्त जी का सोच प्राय: सरल रेखा में, एकायामी ढंग से चलता है, यही कारण है कि वह न गहरे कारणों में जाता है न विश्लेषण ही कर पाता है। इतिहास को रचना का ढाँचा या मूल बनाते हुए यह सोच ज़रूरी होता है कि इतिहास सिर्फ़ स्मरण या वर्णन की वस्तु नहीं, विश्लेषण की वस्तु है। वह जीवन-जगत के समीकरणों, विषमीकरणों के साथ अपने को भी अतीत में देखने की आँख है। भले हम उसे या सके कुछ अंशों को भूल भी जाना चाहें तब भी उसकी परिणतियों से बच नहीं सकते। इसलिए उसका गहन मूल्यांकन ज़रूरी होता है और यह प्रतिपादित करना भी कि जातीय और भौगोलिक परंपरा से बड़ी मानवता की परंपरा है। इसी परिप्रेक्ष्य में हम इतिहास की परिणतियों को बलपूर्वक तथा सचेत ढंग से बदलने की कोशिश कर सकते हैं–मगर यह सफल तभी हो सकती है जबकि हम उसे विश्लेषणपरक ढंग से जानें और उन मूल कारणों की तलाश करें जिन्होंने वे स्थितियाँ पैदा की हैं, जिन्हें हम बदलना चाहते हैं।

गुप्त जी खड़ी बोली काव्य के प्रथम चरण के कवि हैं। वे उस युग का प्रतिनिधित्व करते हैं जो अपने अतीत से न तो विवेक और तर्क के स्तर पर मुक्त हो पाया था और न उससे आँख मूंदकर जुड़े रहना चाहता था। ऐसे संक्रमण काल में उसे संपूर्ण निर्वस्त्र देखने में गुप्त जी जैसे शालीन कवि की हिचक स्वाभाविक थी। अत: उन्होंने इतिहास के दोषों को ढाँक-दाबकर गुणों को ग्रहण करने की सलाह दी। ऐसे सरल समीकरण खोजे, जिससे अतीत की ज्यादा चीर फाड़ भी न हो और तुष्टीकरण का रास्ता भी निकल जाये। हालाँकि विकास-यात्रा का यह पहला चरण भी कम महत्त्वपूर्ण नहीं होता है। लेकिन उसकी विसंगतियों या अपूण ताओं में जाना आगामी युग के लिए ज़रूरी है–तभी न यह यात्रा अग्रगामी होगी। इसी संदर्भ में उक्त चर्चा ज़रूरी थी।

अब, आइए हम यह देखें कि गुरुकुल में वर्णित इतिहास और वर्तमान के बेमेल संबंधों की 'संधा-भाषा' को गुप्त जी कैसे खोलते हैं? पहली बात तो उन्होंने यह कही कि सिक्खों से मुसलमानों की शत्रुता को हम पुराने संदर्भों में देख रहे हैं, हालाँकि आज संदर्भ बदल गये हैं :

'अब के मित्र शत्रु थे तब के
बली, विजाति, विधर्मी लोग।
धर्म-भ्रष्ट हमें करते थे,
करके बहुधा बल-प्रयोग।'

बंदा वैरागी जिस भविष्य का संकेत देते हैं, वह गुप्त जी का वर्तमान ही था :

'यवन आज जो अपने अरि हैं
वे कल होंगे अपने मित्र।'

अपने काव्य में वे राम-रहीम के एक होने की बात भी कहते हैं, जैसी कि भक्ति युग के कवियों ने भी कही है। टर्की के सुलतान ने गुरु हर राय से पूछा था कि इतने देव, इतने धर्म आदि हैं उनमें बड़ा कौन है तो गुरु ने कहा था–

'उसके लिए वही बढ़कर है,
जिससे जिसकी रुचि मिल जाय।'

यहाँ धर्म या पूजा-विधि की विभिन्नता के आधार पर मानव-मानव में भेदभाव का निषेध किया गया है। गुप्त जी की राय में यदि धार्मिक भिन्नताओं के प्रति हम सहिष्णु हो जायें तो संसार के अनेक द्वंद्व समाप्त हो सकते हैं। जब जहाँगीर ने गुरु अर्जुनदेव से कहा था कि अगर गुरु ग्रंथ साहिब में संतों की वाणी का समागम है तो आप हजरत की वाणी भी जोड़िए। तब उन्होंने इनकार न करके यही उत्तर दिया कि अगर मुझे मेरे प्रभु प्रेरणा दें तो ज़रूर लिख सकता हूँ, मगर जोर जुल्म से ऐसा नहीं कर सकता :

'लिख सकता हूँ यदि मेरा प्रभु
मुझे प्रेरणा करे पुनीत
लिख न सकूँगा किंतु किसी के,
तोप हेतु या भय से भीत।'

इसके साथ ही (जैसा पहले कहा गया है) काव्य में ऐसे मुस्लिम संतों और व्यक्तियों के संदर्भ हैं, जिन्होंने गुरुओं की सहायता और रक्षा की, गुरुओं ने उन्हें आत्मीय माना और आदर दिया। इसी तरह उन्होंने विश्वासघाती सिक्खों और हिंदुओं के प्रसंग भी दिये। इन संदर्भों से उन्होंने कहना चाहा है कि अच्छाई और बुराई की मूल जाति नहीं है, इसलिए जाति के प्रति प्रेम या घृणा न करके गुणों और बुराईयों के प्रति करना चाहिए। इसी तरह के प्रकरण जुटाकर उन्होंने सिक्खों से हिंदू-संबंधों की आत्मीयता का इतिहास स्मरण करने को कहा और मुस्लिम-संबंधों के उस इतिहास को भूलने का सुझाव दिया, जो द्वेष को मूल था। ज़ाहिर है कि यह सरल-सहज प्रक्रिया थी–गुप्त जी के काव्य में पहले से काफी जानी, पहचानी, जिसमें निहित विसंगति का जिक्र ऊपर किया गया है; और यह विसंगति इस प्रसंग को ऐतिहासिक स्तर पर उठाने से पैदा हुई है।

ऊपर गुप्त जी के जिस अंतर्द्वंद्व की चर्चा की गई है उसे लेकर एक काव्य संबंधी समस्या पर भी विचार कर लिया जाये। मुझे यह देखकर हैरत हुई कि उनके इतिवृत्तात्मक काव्यों में यह 'परम इतिवृत्त' है। यानी 'स्वर काव्य'। उनके वृत्त-काव्यों में भी 'कविता' प्राप्त होती है, जो यहाँ नदारद है। इसका सीधा अर्थ है कि एक तो यहाँ रचनाकार को अपनी वस्तु पर पूरी पकड़ नहीं है, दूसरे 'कवि' की संवेदनात्मक उपस्थिति नगण्य है। उसकी संपृक्ति, तन्मयता और उत्साह के चिह्न यहाँ न के बराबर हैं; क्योंकि जहाँ एक ओर गुप्त जी अत्याचार और आततायित्व को उभारने का जोश प्रकट नहीं कर सकते थे, वहीं अपने राग और आदर को स्वच्छंद रूप में प्रकट भी नहीं कर पा रहे थे। सात्विक मूल्यों के लिए संघर्षरत गुरुओं के प्रति श्रद्धा होने पर भी उसे व्यक्त करने के जातीय खतरों के प्रति वे अधिक सावधान थे। इसी द्वंद्वात्मक चौकन्नेपन ने उन्हें मात्र एक तटस्थ वर्णनकर्ता में तब्दील कर दिया था। रचना में तटस्थता की एक ज़रूरी भूमिका होती है, मगर वह संपृक्ति के बाद की अवस्था है। संपूर्ण स्तरों पर तटस्थता उसे कविता की बजाए इतिहास-लेखन-कर्म बना देती है। अर्थात् यहाँ काव्यत्व का अभाव गुप्त जी की सीमा नहीं, भीतरी जद्दोजहद से आजिज आ जाने से उत्पन्न तटस्थता है। वे शुरू से अंत तक विपरीतता के सामंजस्य और संतुलन की कोशिश में लगे रहे। ऐतिहासिक संलग्नता और ऐतिहासिक वैमनस्य को एक ही दिशा देने के गुणा-भाग में फँसकर गुप्त जी जैसे सरल कवि की कविता उनके हाथ से फिसल गयी। अगर वे मनो-ऐतिहासिक या अन्य द्वंद्वों की अंदरूनी तहों के पारखी होते और अतल विश्लेषण में उतर सकने की क्षमता वाले कवि होते तो यह कृति उनके गहरे विचार-संघर्ष का माध्यम होती, साथ ही काव्याभिव्यंजना के लिए भी इसमें पर्याप्त अवसर मिलता। मुझे लगता है कि रचना के दौर में गुप्त जी को इस आत का अहसास हुआ होगा कि उन्होंने कथात्मक स्तर इस वस्तु को उठाकर गंभीर त्रुटि की है; परंतु इसका परिमार्जन संभवतः उनके वश में नहीं था, इसलिए निर्वाह में शिथिलता और औपचारिकता बरती गयी। एक रचना में, काव्यात्मकता की अनुपस्थिति से अधिक शिथिल बर्ताव का और कौन-सा प्रमाण हो सकता है?

'काबा और कर्बला' को भी गुप्त जी ने भावात्मक ऐक्य के राष्ट्रीय कर्तव्य के रूप में लिखा था। 'गुरुकुल' कवि के विकासमान काल का काव्य है, जबकि 'काबा और कर्बला' विकसित काल था। अतः यहाँ उन्होंने पिछली गलती नहीं दुहराई। वे भारत में मुसलमानों के इतिहास-चक्र में नहीं फँसे, वरना 'गुरुकुल' से भी ज्यादा विसंगतियाँ इस रचना में संभावित थीं। उन्होंने इस काव्य की रचना और घटनाभूमि ही बदल दी। एक तो यह छोटे-छोटे सांकेतिक प्रसंगों को लेकर लिखी गयी कृति है, दूसरे, इसकी घटना-भूमि मक्का, मदीना, कूफा आदि है। इससे किसी तरह का

पूर्वग्रह उन्हें ग्रस्त न कर सका; जो तात्विक और सांकेतिक बातें वे कहना चाहते थे, उनके लिए भी पर्याप्त अवकाश मिल सका। 'काबा और कर्बला' लिखते हुए गुप्त जी के मन में कहीं-न-कहीं मध्यकालीन मुस्लिम साम्राज्यवाद और धार्मिक आचरण रहा है। दूसरी ओर मुस्लिम धर्म में भारतीय सांस्कृतिक तत्त्वों की तलाश भी रही है। इसलिए घटनाएँ भले उनके लिए जानकारी का विषय रही हों, परंतु तत्त्व सुपरिचित थे। वे इस्लाम के मौलिक तत्त्वों के ब्याज से मध्यकालीन मुस्लिम साम्राज्यवाद की आलोचना करते प्रतीत होते हैं, क्योंकि वह शासन जिन कर्मों से अभिशप्त हुआ था, उससे ठीक उल्टा चरित्र उसके धर्म का यहाँ है। काव्य पढ़ते हुए हमें प्रतीत होता है कि नबी और अन्य मुस्लिम संतों का चरित्र लगभग वैसा ही है, जैसा उच्चकोटि के भारतीय संतों और तत्त्वविदों का रहा है। इससे कारणभूत एकता की प्रतिष्ठा हो सकी है। एक रचनाकार संकेतों द्वारा किस तरह दो सुदूर भूमियों, कालों और धर्मों को एक-सी अंतर्दृष्टि से छू सकता है, बड़े सत्य का उद्घाटन कर सकता है, इसकी झलक इस रचना में देखी जा सकती है। छोटे-छोटे प्रसंगों के द्वारा कवि ने धर्म के मुख्य तत्त्वों को प्रतिपादित करते हुए व्यंग्य से उसके नाम पर फैलाए गये अपधर्म का निषेध किया है, इतिहास की स्मृतियों और तात्विक समावेशों ने इस कृति को व्यंजकता और गहराई दी है।

मूर्त्ति भंजन, धर्म स्थानों का अंतरण, जबरी धर्मांतरण, दास-प्रथा, अत्याचार, बलात्कार, जाति विद्वेष आदि मध्यकालीन इतिहास की दर्दनाक स्मृतियाँ हैं। 'काबा और कर्बला' के छोटे-छोटे प्रसंग और स्वयं हजरत मुहम्मद के निर्देशों से यह प्रकट होता है कि यह धर्मोन्माद–सत्ता उन्माद था; स्वार्थ और अहंकार था–यहाँ तक कि उसी धर्म का विरोधी था, जिसके नाम पर यह सब हो रहा था।

काव्य में एक प्रसंग है 'औदार्य', जिसमें खलीफा उमर जैरुशलम को जीतकर विजितों के प्रति सम्मान प्रकट करते हैं। नमाज के वक्त जब वे गिरिजाघर के निकट थे, वहाँ के निवासियों ने उनके व्यवहार से अभिभूत होकर उनसे कहा कि वे गिरिजा में ही नमाज पढ़ लें, तब उन्होंने कहा कि मुझे इसमें कोई आपत्ति नहीं है, लेकिन यह आशंका है कि बाद में इसी वजह से लोग कहीं इसे मस्ज़िद न बना दें। 'अभियोग' नामक प्रसंग में कहा गया है कि एक विजेता अरब योद्धा ने रोमन-संम्राट की मूर्त्ति की आँख फोड़ दी। लोगों ने इसकी शिकायत खलीफा से की। खलीफा ने निर्णय दिया कि 'आप लोग मेरी मूर्त्ति गढ़ें और फिर उसके साथ जो चाहें सुलूक करें। 'न्याय' नामक काव्यांश की कथा है कि एक अकिंचन ने शाहंशाह से दरबार में यह गुहार की कि उसकी स्त्री के साथ शाहजादे ने दुष्कर्म किया है। शेरशाह बहुत कुपित हुआ उसने प्रार्थी से कहा :

'आज्ञा देता हूँ मैं तुमको अंत:पुर में जाव
और करो इसकी गृहिणी से तुम यथेच्छ बरताव।'

सारी सभा स्तब्ध रह गयी। यह न्याय-विचार इस सिद्धांत पर आधारित है कि हम दूसरों के साथ जो आचरण करते हैं, वही अगर हमारे साथ किया जाये तो कैसे लगेगा? हजरत ने कहा भी है :

'चाहो जो अपने लिए वही और के अर्थ
केवल स्वार्थ विचारना है अत्यंत अनर्थ।' (नबी के निर्देश)

मुहम्मद साहब दास-प्रथा के खिलाफ थे। उन्होंने स्वयं अपने दासों को मुक्त कर दिया था जो प्राय: विजित देश के नागरिक हुआ करते थे। उन्होंने कहा था :

'किसी वर्ग के और किसी भी देश के
बंधु सभी हम दास एक अखिलेश के।'

यह ऐसी दृष्टि है जो हिंदू वर्ण-व्यवस्था पर भी अप्रत्यक्ष रूप से आक्रमण करती है। इस्लाम का भारतीय संस्कृति में सबसे बड़ा योगदान यही है कि उसने वर्ण-विहीन समाज व्यवस्था की प्रेरणा दी। इस विचार का परवर्ती सुधारों और दृष्टियों पर भी प्रभाव हुआ। स्वयं मुहम्मद साहब अपना जूता सीते थे और उनकी पत्नी चक्की पीसती थी। स्वावलंबन का यह आदर्श मध्यकालीन संतों और परवर्ती गाँधी युग का एक महान आदर्श रहा है। मुहम्मद ने अपनी पत्नी से कहा था कि गद्दी पर पड़े रहने के लिए मैंने 'ईश्वर-केतु' नहीं लिया है (गर्व)। यह परोक्ष रूप से उन महंतों और मठाधीशों पर आक्रमण है जो गद्दी पर पड़े रहकर सेवाएँ ग्रहण करते रहे हैं। गुप्त जी ने गुरुकुल में ब्राह्मणों को इस बात के लिए लताड़ा था कि वे अपनी उच्चता दूसरों के प्रति घृणा करके दिखाते हैं। 'धर्म नामक' व्यवसाय के फैलाने पर भी उन्होंने चोट की थी। लेकिन उस आलोचना से यह सोदाहरण कर्म और परोक्ष व्यंग्य अधिक काव्यात्मक है।

धर्म के नाम पर अत्याचार और द्वेष के इतिहास से हम अपरिचित नहीं हैं। मुहम्मद साहब ने हिदायत देते हुए कहा था :

'तने न भौंह न खिंचे कमान
उसके जन हम सभी समान।' (काबा)

वे जात-पात के सिर्फ़ विरोधी ही नहीं थे, इसे उन्होंने अपने व्यवहार से भी प्रकट किया है। उनकी एक पत्नी सफीया यहूदी थी। इसे जानकर उन्होंने कहा था–

धर्म हैं सो धर्म हैं, जो पंथ हैं सो पंथ हैं
एक ने सबके लिए भेजे यहाँ निज ग्रंथ हैं।

* * *

'स्वमत के संबंध में हम सब समान स्वतंत्र हैं।' (सफीया)

'गुरुकुल' और 'हिंदू' दोनों में अपने-अपने मत और रुचि के अनुकूल हर एक को धर्म पालन की स्वतंत्रता देने की चर्चा की गयी है। 'मत की स्वतंत्रता/विशेषता आर्यों की' गुप्त जी ने यह बात कई जगह कई तरह से कही है। कठमुल्ला लोग ही इस मामले में कठोर रहे हैं। अन्यथा संतों, तत्त्व-विदों और महापुरुषों ने मनुष्य की स्वाधीनता को सबसे ऊपर रखा है–'एकं सद् विप्रा बहुधा वंदति' भारतीय संस्कृति का मूल मंत्र है और यही मुहम्मद साहब भी कहते हैं। 'काबा और कर्बला' में एक प्रसंग है कि कोई शव जा रहा था। हजरत मुहम्मद ने उसके प्रति सम्मान प्रकट किया, तो एक अनुयायी ने कहा कि वह यहूदी था। हजरत बोले 'तात यहूदी भी मनुष्य है।' (यहूदी) अन्यत्र उन्होंने कहा–'एक ईश के अखिल जीव आत्मीय एक से' (कर्बला) 'नमाज' में मुहम्मद साहब की वाणी है कि किसी भी भाषा में, किसी भी दिशा में मुँह करके समाज पढ़ी जा सकती है। यानी वे धर्म के बाह्याचारों और रुढ़ियों के विरुद्ध भी थे और लोग हैं कि आडंबरों और सतही मामलों को लेकर रात-दिन टंटा खड़ा करते हैं।

मुहम्मद साहब विवेक और सामाजिक कर्तव्याकर्तव्य को विशेष महत्त्व देते थे। जब अरब के एक धनी युवक की पत्नी ने, अपने पति की उदासीनता की शिकायत उनसे की तो उन्होंने निर्देश दिया कि समय पर संग्रह और समय पर ही त्याग उचित है। यानी असमय में दोनों ही अनुचित हैं। (प्रेम और श्रेय) उन्होंने एक युवक को धर्म युद्ध में जाने से भी मना कर दिया, क्योंकि घर में उसकी माँ अकेली थी और वही एक उसका दायित्व वहन करने वाला था। (मातृभक्ति) इसी विवेक के कारण वे जाति हननी मक्का से भाग कर मदीना आ गये थे। उनका खयाल था कि जीवन इतना तुच्छ नहीं है कि उसे यों ही त्याग दिया जाये। 'काबा और कर्बला' में एक प्रसंग है 'प्रमाण'। हजरत ने मुआज से पूछा कि न्याय-निर्णयों में किसे प्रमाण मानोगे? उसने कहा, 'कुरान को।' उन्होंने पूछा कि, 'अगर वहाँ उपयुक्त प्रसंग न हो तब?' उसने कहा, 'रसूल को।' उन्होंने पूछा, 'अगर वहाँ वैसा घटित न हुआ हो तब?' उसने कहा, 'निज बुद्धि को।' मुहम्मद ने कहा, 'साधु।' 'शब्द' और धर्मग्रंथों की लीक पर आँख मूंद कर चलने वालों को शायद इस बात से धक्का लगेगा?

पंचवटी में लक्ष्मण कहते हैं, 'अपना अंतःकरण आप है आचारों का सुविचारी।' ज़ाहिर है कि इन विचारों में कितना साम्य है।

मुहम्मद साहब ने प्रतिशोध और हिंसा को नहीं, दया को पूजा है। गुप्त जी लिखते हैं कि वे 'स्वस्ति' लेकर आये थे, 'शाप' लेकर नहीं (स्वस्ति)। वे धन-मद को मुक्ति-मार्ग में बाधक मानते थे और कहते थे कि धन-मद का भार जब तक कंधों पर है, स्वर्ग की सीढ़ियाँ चढ़ना कठिन है (नबी के निर्देश)। वे कहते थे कि स्व जाति का भी अनुचित पक्ष न लो, युद्ध करना हो तो नीति-युद्ध करो :

'जो स्वजाति का भी कभी लेता अनुचित पक्ष।
जान मान कर बन रहा वह पापी प्रत्यक्ष॥'

* * *

'जो अनीति के युद्ध में खोता है निज प्राण।
मैं अपने दल का उसे दूँगा नहीं प्रमाण॥' (नबी के निर्देश)

उन्होंने कहा है कि स्वार्थ में मत पड़ो, परमार्थ करो। (वही) वे हमेशा ही धन और लोभ से दूर रहे। उनकी पत्नी आयशा के कथनों से यह स्पष्ट है। (आयशा)

गुप्त जी का राष्ट्र-कवित्व हर कृति में सजग रहा है। इस काव्य में दो प्रसंग बड़े मार्मिक हैं। एक है—अरब सैनिक, जहाज से एक हरी-भरी धरती पर पहुँचे। सेना के उतर जाने पर, स्वयं सेनापति ने बेड़े में आग लगा दी ताकि सैनिक वापस न जा सकें। सैनिक क्षुब्ध हुए, सेनापति ने कहा :

'तुम यहीं रहो तज सोच अरब का सारा
हम आप जहाँ, बस वही स्वदेश हमारा।'

यह अज्ञात हरी-भरी भूमि कौन-सी हो सकती है? यहाँ के निवासियों का भाव क्या हो—जैसे कई प्रश्नों और चिंताओं का समाधान अत्यंत सांकेतिक रूप से यहाँ कर दिया गया है। दूसरा प्रसंग तब का है जब हुसैन कूफा में शत्रु-सेना से घिरे थे। सभी प्यास से छटपटा रहे थे। इसी समय कुछ अज्ञात सहायक आये। हुसैन ने उनका परिचय जानना चाहा। उन्होंने कहा :

'सौ रूपों में एक भाव के ध्रुव विश्वासी
हम भारत के आर्य, अरब के ही चिरवासी।'

कितने संक्षेप में पूर्ण परिचय दे दिया गया और बता दिया गया कि वे उनके सहोदर हैं। दोनों की जन्मभूमि एक है। इन पंक्तियों ने इतिहास के कितने विस्मृत

पृष्ठों और संबंधों को, कितनी सहजता से ध्वनित कर दिया है! आनंदवर्धन ने संभवतः ऐसे ही काव्य में 'वस्तु ध्वनि' पायी होगी। भावनात्मक ऐक्य के लिए ये पंक्तियाँ और प्रसंग बेजोड़ हैं। अस्तु, आर्यों ने हुसैन पर हो रहे अत्याचारों के विरुद्ध उन्हें सहायता दी। यजीद ने नदी पर पहरा बिठा दिया था ताकि हुसैन और सरो कुटुंबी प्यास से तड़पकर मर जायें। आर्यों ने क्रुद्ध होकर कहा :

'घट भरने से हमें नदी तट पर जो रोके।
वह पहले आकाश वृष्टि होने से रोके॥'

इस कथन के पीछे वह सांस्कृतिक औदात्य और ओज छिपा है जिसका ये प्रतिनिधित्व करते हैं। गुप्त जी इस काव्य में (असंबद्ध रूप में) अकबर और दारा का पुण्य-स्मरण करना भी नहीं भूले। काव्य-रचना के समय उनके भीतर जो इतिहास-चक्र चल रहा था यह उसका सकारात्मक प्रमाण है।

इसी काव्य के दूसरे भाग 'कर्बला' में अन्यायी दुष्ट यजीद के दुष्कर्मों, अत्याचारों के संदर्भ में हुसैन की महानता, पर दुःख कातरता और उत्सर्ग का वर्णन किया गया है। कूफा की भूमि वही 'कर्बला' है जो हुसैन के बलिदान के लिए जानी जाती है। हुसैन मानवता के उच्च मूल्यों का आश्रय थे, जब कि यजीद ने 'धर्मासन' को 'सिंहासन' में बदल दिया था :

'प्रजापात ही पतित राज-पातक शासन में
धर्मासन अब पलट चुका था सिंहासन में।'

इस प्रसंग के ऐतिहासिक और सामयिक संकेतों से सभी परिचित हैं।

'काबा और कर्बला' में गुप्त जी की काव्यात्मकता खूब निखरी है। क्योंकि यहाँ रचते हुए उनकी 'संवेदनात्मक उपस्थिति' पूरे समय रही। इस रचना में एक तो किसी तरह का अंतर्द्वंद्व नहीं था, इसलिए संतुलन और हिचक का भी सवाल नहीं था। यहाँ वे मूल धर्म और समाज की आलोचना में भी नहीं पड़े। जो कुछ कहना चाहते थे, उसके माध्यम को भी उन्होंने सही ढंग से पहचाना। इतिवृत्त में नहीं, तत्त्व और मार्मिकताओं में उतरे, इतिवृत्त को उन्होंने अलगनी भर रहने दिया। फिर, इस काव्य को रचते हुए उनकी अंतर्दृष्टि के आयाम बहुत विस्तृत थे। एक ओर वे संस्कृतियों और धर्मों की विभिन्नता में निहित एकात्मकता को देख रहे थे, दूसरी ओर भारत के अतीत को कथाओं की विपरीतधर्मिता से समीक्षित करते हुए–सबकी आँखे खोल रहे थे–भोक्ता की भी और भोज्य की थी। उनकी समीक्षा का दायरा केवल इस्लाम के नाम पर गलत आचरण करने वालों तक ही नहीं, उसके जरिये भारतीय समाज और धर्म तक भी

पहुँच रही थी, और यह सब कुछ बहुत सहजता से व्यंजित हो रहा था। नतीजा यह हुआ कि भाषा, वस्तु-आचरण, व्यंजना और लाक्षणिक वक्रता इस काव्य में सहज रूप से सहयोगी हो उठी। केवल एक नमूना देता हूँ। 'कर्बला' में एक वीर अब्बास, हुसैन के लिए सेना से घिरी नदी से, बड़ी उत्तेजना और जोश में पानी लेने गया। सेना चीरी, पानी लाया, उसके हाथ काट डाले गये तब भी वह मशक दबा लाया-गति, ऊर्जा, साहस, उत्सर्ग, ध्वन्यात्मकता और बिंब-छटा देखते ही बनती है:

'घोड़ा था वा मंत्र झपट उसने जो छोड़ा
बादल-सा दल एक ओर का तोड़ा-फोड़ा
कौन खड़ा रह सका झेल वह झोंका तीखा
तिनके-से अरिबाण, बवंडर-सा वह दीखा।
भरा वीर ने नीर एक हेरे-फेरे में
किंतु लौटता हुआ आ गया वह घेरे में।
करने लगे प्रहार शत्रु उस पर अंधों-से
क्रम से दोनों हाथ कटे उसके कंधों से
शुंडहीन गज तुल्य तुंड में मशक दबाए
वह चलता ही रहा मत्त-सा दांत दबाए
शोणित-निर्झर इधर-उधर देते थे झटके
पर उस भट के प्राण चर्म-घट में घुस अटके
फटी अंत में मशक बहा भल-भल कर पानी।
तब छाती-सी फटी गिरा 'हा' कहकर मानी
खोकर उसे हुसैन स्वयं खोये-से दीखे
केवल उज्ज्वल भाव और धोये-से दीखे।'

इस काव्य में न सिर्फ़ 'गुरुकुल' से बल्कि 'हिंदू' से भी अधिक काव्यात्मकता है। गुरुकुल में जहाँ गुप्त जी शुरू से आखिर तक द्वंद्व ग्रस्त और सावधान होने की वजह से प्रक्रिया के दौर में रचना से संपृक्ति नहीं हो पाये वहीं हिंदू में इस दौर में वे अपने को उससे अलग न कर सके और अभ्यस्त उपदेशक-प्रेरक की मुद्रा में बने रहे। जबकि उक्त काव्य में वे संपृक्ति और तटस्थता दोनों को साध सके। इसलिए इसमें 'उनके कवित्व' का चक्र पूरा हो सका और इसी कारण वे अपना कथ्यात्मक अभीष्ट भी पूरा कर सके। उनके मन की उदारता और पारदर्शिता दोनों इस कृति में देखी जा सकती हैं।

इन तीनों कृतियों को जो प्राय: तीनों धर्मों से संबंधित है-एक साथ इसीलिए रखा गया है कि, इनसे गुप्त जी की राष्ट्रीय एकता के फलक को व्यापक रूप से

देखा जा सके और उनके राष्ट्रकवि की भूमिका के खतरों और संघर्षों को सही संदर्भों में पहचाना जा सके। और यह अच्छी तरह समझ लिया जाये कि धार्मिक विषय-वस्तु लेकर गुप्त जी ने धर्म के लिए नहीं, जन के लिए लिखा है। 'साकेत' के राम वन जा रहे हैं–कवि सवाल करते हैं, किसलिए? :

'प्रस्थान वन की ओर
या लोक मन की ओर
होकर न धन की ओर
हे राम जन की ओर।'

अतीत के हंस

मोती से कमतर चुगना हंस को स्वीकार नहीं–'कै हंसा मोती चुगे, कै भूखा रह जाय।'–चारों तरफ़ फैले कीड़ों, घोंघों, सीपों वगैरह में उसकी कोई दिलचस्पी नहीं। रहेगा भी तो केवल 'मानसरोवर' में! हठयोगियों का 'हंस' शायद इसीलिए मानसरोवर में रहता है कि किसी भी 'हंस' का उसके अलावा कहीं निवास नहीं हो सकता। हंस की एक और बानक है–वह दूध-पानी में से केवल दूध पीता है, पानी छोड़ देता है–'हंसो हि क्षीर मादत्ते तम्मिश्रा वर्जयत्यप:' (कालिदास)। (हम अगर ऐसा करने लगे तो हमें चाय के लिए भी दूध नसीब न हो!) ईश्वर के मिलावटी 'प्रपंच' में संत की भूमिका 'हंस' जैसी होती है। वह 'सगुण खीर' और 'अवगुण-जल' से मिश्रित 'प्रपंच' में से गुण रूपी दूध पी लेता है और अवगुण रूपी पानी त्याग देता है–'संत हंस गुण गहहिपय, परिहरिबारि विकार।' (तुलसी) मैथिलीशरण गुप्त भी हिंदी के 'संत-हंस' हैं। अतीत के कबाड़खाने में से वे बेशकीमती कथा और चरित्र चुनते हैं। संस्कृति के सम्मिश्रों में से केवल 'सगुण खीर' का चयन उनकी विशेषता है। उनके लिए विगत की यात्रा, संभवत: इसीलिए, गुरु-गृह की यात्रा बन जाती है, जहाँ से केवल आदर्श और नसीहतें मिलती हैं। अपने चुने हुए पश्च चित्रों (Flesh back) के सहारे वे वर्तमान समय को आँकते और परिभाषित करते हैं। ऐसा करते हुए उन्हें लगता होगा कि वे अतीत का इस्तेमाल कर रहा होता है। 'चश्मए हयात' को 'चश्मे निगाह' से देखने की वजह से वह उन्हें बड़ा रंगीन और स्वर्ग के मानिंद लगता है। पुरातन को दुहते हुए जो गो-रस मिलता है–उसे ही वे संस्कृति और परंपरा कहकर पुकारते हैं, और महसूस करते हैं कि थोड़ी बहुत मिकदार बदरलकर वे उसे अपने समय के लिए ठीक-ठाक कर लेंगे। क्योंकि परंपरा के श्रेष्ठ मूल्य शाश्वत हैं जो बरसों-बरस परीक्षित होकर वर्तमान और भावी मानवता के उत्कर्ष-विधायक हो सकते हैं। ऐसी गुण ग्राहकता अपनी तमाम सीमाओं के बावजूद निश्चय ही मूल्यवान होती है।

इतिहास या अतीत को और भी तरह से लोग देखते हैं। कुछ उसे खंदक बना लेते हैं, जिसमें गिरते हैं तो गिरते ही चले जाते हैं। कुछ लोग सिर्फ़ तफरीह के लिए प्राचीन के स्त्रोत से वर्तमान की संगम-यात्रा करते हैं। इसमें कई बारे उन्हें किसी तिलस्मी नायक के साथ की गयी विस्मायक, अप्रत्याशित और धुकधुकी भरी यात्रा जैसा रोमांचक सुख भले मिलता हो, लेकिन अतीत उनकी सक्रियता का भाग नहीं बनता। ऐसी निरर्थ यात्राओं से गुप्त जी का वास्ता कभी नहीं रहा।

लेकिन अतीत की एक सर्वयात्रा भी होती है, जहाँ पथिक खुली आँखों से, उसके गुण-दोष, कर्म-अकर्म-दुष्कर्म सभी कुछ देखता है, क्योंकि प्राचीन केवल आदर्श ही नहीं, अनादर्श और विकासों से भी भरा होता है। समग्र दृष्टि यह मानने को तैयार नहीं हो सकती कि विकृतियाँ सिर्फ़ वर्तमान की उपज है, परंपरा से प्राप्त नहीं। जो लोग ऊँचे मानकों और मूल्यों की वापसी चाहते हैं वे शायद अतीत को गुणों का आगार ही मानते हैं। लेकिन जो अतीत को समूचा देखते हैं वे उसके गुणावगुण सबको नयी जमीन में रिसता हुआ पाते हैं। शायद इसीलिए अवांछित अतीत का संहार करने के बहाने वे वर्तमान में घुस आये अवांछनों का ही संहार करते हैं। वे अतीत के उस भाग को भी निरस्त करते हैं जो भले कभी प्रासंगिक रहा हो, लेकिन आज अप्रासंगिक हो गया है, इस तरह परंपरा या पुरातन से बाकायदा जिरह करते हैं, जवाब-तलब करते हैं। इस युद्ध का जो फलितार्थ मिलता है वह वर्तमान का परावर्त (Reflex) होता है। फिलहाल हम उन स्मृतिहीनों की बात नहीं करते जो स्वयंभू आत्म निर्वासित और भूत-भविष्य के परे अकेले घिसट रहे हैं। ऐसे लोगों से यह कहना चाहिए कि अगर 'आपने अपना बाप नहीं देखा तो इसका मतलब नहीं कि वह था ही नहीं।' खैर, अतीत के प्रति समग्र आलोचनादृष्टि और भिंड़त अपेक्षाकृत अधिक अग्रगामी और क्रांतदर्शी समय तथा चेतना में घटित होती है। परंतु मैथिलीशरण गुप्त समय के उस मोड़ के प्रतिनिधि कवि थे, जहाँ अतीत-चेतना इतनी अग्रगामी नहीं हुई थी। क्योंकि बदलते हुए समय का प्राथमिक लक्षण पुरातन के उस चयन में प्रकट होता है, जहाँ रचनाकार उसके विरोधाभासों और जटिलताओं में न उलझते हुए सर्वमान्य आदर्शों और मूल्यों को ही ग्रहण करता है, वह परंपरा में प्राय: गौरव को ही रेखांकित करता है और उसे ही संस्कृति और परंपरा का पर्यायवाची मानते हुए वर्तमान के लिए उदाहरणीय आदर्श मानता है। संभवत: यह भी गुप्त जी के समय की ही माँग थी कि अतीत के ध्वंस की अपेक्षा उससे लाभ उठाया जाये। क्योंकि न सिर्फ़ साहित्य में, बल्कि समाज, धर्म और राजनीति में भी उस समय यही प्रवृत्ति दिखायी दे रही थी। यहाँ कहना ज़रूरी है कि

मैथिलीशरण गुप्त के लंबे रचना-काल में समय तो करवट लेता रहा, लेकिन कवि प्राय: उसी केन्द्र में स्थित रहा, जो उसके सृजन का केंद्रीय समय था। गुप्त जी की प्रारंभिक और परवर्ती रचनाओं में चेतनात्मक और अवधारणात्मक अंतर प्राय: नहीं है। इसलिए उनकी रचनाएँ उसी काल-दृष्टि से सही मूल्यांकित हो सकती हैं। दूसरी बात यह है कि इतिहास के विभिन्न दौरों में एक साथ अनेक विरोधी, प्रवृत्तियाँ समानांतर यात्रा करती हैं। इससे यह भी प्रकट होता है कि एक ही समय में विविध लोक-मानस विषम रूप में भी सक्रिय रहता है। ऐसी विविधता और विषमता परंपरा का श्रेष्ठ चयन करने वालों की आँखों से प्राय: ओझल रहती है।

मैथिलीशरण गुप्त जी को अक्सर ऐसा लगा है कि उनका वर्तमान निरंतर पतनशील है। इसे सिर्फ़ अतीत की, यानी उस अतीत की जिसे उन्होंने चुना है, वापसी ही उबार सकती है। विकासवाद के सिद्धांत से शायद वे सहमत नहीं हैं, इसलिए भी, और इसलिए भी; कि वे अतीत को खंडश: देखते हैं, उन्हें वर्तमान अतीत की तुलना में बौना दिखायी देता है। वैष्णव कवि तो अतीत में से चुन ही सकता था, अवांछित भूत का 'संहार' थोड़े ही कर सकता था। ऐसा कवि पुरातन के उस भाग का वर्तमान से सामना ही नहीं कर सकता जो उसके विचार से वर्तमान को भ्रष्ट कर देगा। निश्चय ही यह, अपने समय से, कवि के गहरे लगावों का सूचक है, लेकिन हम जानते हैं कि अतिरिक्त मोहासक्ति भी सत्य-दर्शन के मार्ग में बाधक होती है। राजा शुद्धोदन को सिद्धार्थ में इतनी आसक्ति थी कि वे उसे बूढ़ा बीमार या मृतक दिखाना ही नहीं चाहते थे क्योंकि उन्हें भय था कि इन्हें देखते ही वह वैरागी न हो जाये। इसलिए ऋतु प्रासादों के रूप में उसके लिए शानदार कारागार बनवाये गये। लेकिन अंतत: हुआ क्या? क्योंकि, आखिर आप कितने समय तक जिज्ञासा को सत्य-दर्शन से वंचित रख सकते हैं? आखिर कब तक अतीत के जल को निर्मल दर्पण की तरह चमकाये रख सकते हैं? कभी तो हवा बिलोयेगी पानी को और उसके भीतर का गंदलापन ऊपर आयेगा! यह तर्कसंगत नहीं जंचता कि अपने समय को भूत की तुलना में इतना नीचे पदस्थ किया जाये कि वह बौना दिखे। क्योंकि वर्तमान चाहे जितना पतित हो, है तो अंतत: अतीत का ही फलितार्थ। खैर, गुप्त जी, इस सबके बावजूद, सुरम्य परंपराओं या संस्कृति को दिखाते हुए आज के मनुष्य से यह वाजिब अपील करते हैं कि महान विगत का निर्माता भी मनुष्य ही था और चूँकि तुम भी मनुष्य हो, इसलिए वह कौन-सा काम है जिसे तुम न कर सको? इसी अदा और अंदाज़ में वे अतीत का वर्तमान के लिए प्रासंगिक इस्तेमाल करते हैं। मेरा विचार है कि इन्हीं सीमाओं में हम गुप्त जी के अतीत की

प्रासंगिकता देख सकेंगे। क्योंकि यही उनका अतीत दर्शन है। (कहीं-कहीं उन्होंने अतीत के अवांछनों को छोड़ने और उसका संस्कार करने की बात कही है, परंतु वह प्रायः आदेशपरक है, उसका सर्जनात्मक मूल्य बहुत कम है। यानी वह उनकी सृजनशीलता से उभरा सत्य नहीं है।)

साहित्य अपने समय का आईना हो-द्विवेदी जी की इस सम्मति को गुप्त जी ने व्यापकता दी और उसे ऐसा आईना बनाया, जिसमें वर्तमान ही नहीं, भूत और भविष्य भी प्रतिबिंबित होता है। मुझे लगता है कि जो साहित्य अपने युग और समाज को अपना चेहरा दिखाता है वह अपनी सीमाओं के बावजूद लोक को ग्राह्य होता है। इतना ही नहीं, ऐसे साहितय को लेकर 'जन' इतना सृजनशील हो जाता है कि वह स्वयं उसकी दरारें भर लेता है। गुप्त जी की वे रचनाएँ जो आज उबाऊ, शुष्क, बोझिल और इतिवृत्त मात्र लगती हैं, उस युग की लोकप्रिय, प्रेरणादायी और सरस कृतियाँ थीं। इन्हें सौंदर्य, कल्पना, रसमयता लोक-मन ने दी थी। कवि से जन की यह निसर्गजात साझेदारी वस्तुतः रचना में पाठक का सार्थक हस्तक्षेप है। इसीलिए जैसा कि हम आमतौर पर देखते हैं कि बाह्याभिमुख, ब्योरों से भरा, इतिवृत्तात्मक काव्य बाहरी संघर्ष और स्थूलता को व्यक्त करता है, परंतु गुप्त जी के काव्य को लोगों ने अंतरात्मा के उद्वेलन का पर्याय बना लिया था। उससे उत्साह, करुणा, प्रेम, आत्मोतसर्ग, सदाशयता आदि पाये थे, जैसे कोई मोटि औरत की महीन आवाज़ पर मुग्ध होता है। गुप्त जी के समकालीन गाँधी के बाह्याभिमुख सक्रिय आंदोलन में भी ऐसी ही अंतराभिमुखता तलाश ली गयी थी।

गुप्त जी का मन एक तरह से गाँधी-मानस था, जिसमें गाँधी-युग हिलोरें ले रहा था। गाँधी यदि तत्कालीन भारत की राजनीति के केंद्र थे तो गुप्त साहित्य के। राज-सत्ता की प्रतिशक्ति अधिकांशतः गाँधी से जुड़ी थी, गुप्त जी उससे स्पंदित थे। गाँधी और गुप्त दोनों का स्त्रोत, उनका चुना हुआ भारत का अतीत था, उसे वे समकालीन अर्थों में परिभाषित और प्रयुक्त करना चाहते थे। उनकी दृष्टि प्राचीन उत्कृष्टता को कहीं से भी उठाकर वर्तमान से जोड़ देनेवाली दृष्टि थी। मध्यकाल की मार-काट, सांप्रदायिकता और युगों से चली आ रही विषमता, शोषण वगैरह को नज़रअंदाज कर वे धुर अतीत से प्राप्त 'वसुधैव कुटुंबकम्' या 'बहुजन हिताय, बहुजन सुखाय' को सांस्कृतिक प्रतीक के रूप में वर्तमान के लिए प्रामाणिक मानते थे। 'आ नो भद्रा क्रतवोजन्तु विश्व तो'.... यानी संसार की हर दिशा से, जहाँ से जो 'भद्र', कल्याणमय मिले उसे प्राप्त करो-गुप्त और गाँधी की ग्राहक दृष्टि प्रायः यही थी। प्राचीन को वे इतिहास से ज्यादा, मिथक और आर्ष विचारों में खोजते थे। इसमें

भंजन या खंडन के तत्त्व भी थे, मगर उसकी चोट अतीत पर नहीं, उसके इस्तेमाल पर पड़ती थी। मसलन गुप्त जी के साहित्य-गुरु महावीर प्रसाद द्विवेदी को इसमें कोई विसंगति नहीं दिखी कि कोई व्यक्ति अपनी सद्य:विवाहिता पत्नी को छोड़कर भाई की सेवा में, जंगल की राह ले। उन्हें तकलीफ सिर्फ़ यह थी कि कवियों ने बेचारी उर्मिला के प्रति न्याय नहीं किया और राम-काव्य में उसके 'त्याग' को उचित गरिमा और मान नहीं दिया। 'विष्णुप्रिया' लिखते हुए गुप्त जी की दृष्टि-केंद्र में मुख्यत: चैतन्य की पत्नी रही, जबकि उस समय बंगाल अनेक तरह के अत्याचारों और धार्मिक क्रूरताओं से जल रहा था, कहीं प्रासंगिक रूप से अगर ऐसे संकेत हैं भी तो मात्र चैतन्य की महत्ता दिखाने के लिए, युगबोध जगाने के लिए नहीं। द्वापर, जय भारत, काबा और कर्बला आदि में गुप्त जी ने कथा-क्रम की संभवत: इसीलिए अवहेलना की और चुने हुए व्यक्ति तथा प्रसंग उठाकर उन्हीं में अपनी काव्य-भावना को उड़ेला। हमने उन्हें अतीत का हंस इसीलिए कहा है कि वे सिर्फ़ मोती चुगते हैं, मानसरोवर में रहते हैं और दूध-पानी में से दूध-दूध ग्रहण करते हैं।

गुप्त जी को अपने तईं एक धार्मिक घर और लड़ाकू बाज़ार मिला था। इससे निश्चय ही द्वैत उपजना था। लेकिन बाज़ार पर भी एक 'वैष्णव-जन' का ही नियंत्रण था। इस तरह भीतर के वैष्णव से बाहर के वैष्णव का सम्मिलन हो गया। परिवेश में जारी शस्त्रों की टंकार और बमों की आवाज़ों ने युवा कवि को कभी-कभी झनझनाया तो, परंतु अपूर्व संयम से वह, अपने को अहिंसा, प्रेम और सत्याग्रह में समाहित किये रहा। 'जयद्रथ वध' की दूसरी पंक्ति में 'पूर्वजों की वीरता', 'में बहने को हटाकर', 'पूर्वजों के शील की शिक्षा तरंगे', 'कैसे आ गयी?'-इसकी गहराई में उतरे बिना भी उस मनोविज्ञान को आसानी से समझ सकते हैं, तो इस तरह के प्रतिस्थापन करता है। प्राचीन का चयन और रूपायन करते हुए गुप्त जी के मन में एक सेंसर बराबर चौकन्ना रहा है। यह भूलना शायद गलत होगा कि गुप्त जी को साहित्यिक दीक्षा भी आदर्श, अनुशासन और व्याकरण में बंधने को मिली थी और सामाजिक-राष्ट्रीय दीक्षा भी। हम दोहरे संयम की छाया उनकी रचनाओं के विगत और वर्तमान पर बराबर दिखायी देती है।

जैसा कहा गया है, गुप्त जी का रचनाकाल गाँधी-युग है। उनकी रचनाओं में गाँधी-युग के आदर्शों और मूल्यों को देखने के लिए किसी तीसरे नेत्र की ज़रूरत नहीं है। गाँधी जी के साकेत विषयक पत्र का उत्तर देते हुए स्वयं गुप्त जी ने स्वीकार किया था कि, 'पुस्तक लिखते और छापते समय भी यथाशक्ति मैंने आपका कितना ध्यान रखा है, इसके कहने की आवश्यकता नहीं।... मैं नहीं कह सकता कि आपकी

संस्कृति की रक्षा करने में वह (उर्मिला) कहाँ तक समर्थ हुई है, परंतु उसने प्रयास अवश्य किया है, यह कहने में मुझे कोई बाधा नहीं जान पड़ती।' स्पष्ट है कि समकालीन गाँधी-युग में राजनीतिक, सामाजिक और सांस्कृतिक स्तर पर जो घटित हो रहा था, वह गुप्त जी के काव्य में केवल अंत:प्रेरणा के रूप में नहीं ढला था, वरन सचेत प्रयत्न के रूप में लाया जा रहा था। इसलिए गुप्त जी के प्रबंधों में, पारंपरिक सचेत प्रयत्न के रूप में लाया जा रहा था। इसलिए गुप्त जी के प्रबंधों में, पारंपरिक परिवेश के बीच वह कहीं-कहीं अटपटा और प्रयत्न साध्य भी प्रतीत होता है, जैसे साकेत का यह संदर्भ :

'राजा हमने राम, तुम्हीं को है चुना।
करो न तुम यो हाय! लोक-मत अनसुना।'

आधुनिक शब्दावली और उसके समकालीन संदर्भ, त्रेतायुग के ख्यात शासक के बारे में कितने अस्वाभाविक लगते हैं!

लेकिन आमतौर पर गुप्त जी ने बड़े कौशल से युग-संदर्भ को पारंपरिक कथा में अनुस्यूत किया है। वनवासिनी सीता का जंगल के आदिवासियों और गरीबों के साथ बैठना, उन्हें दरिद्रता से उबारने के लिए कातने-बुनने की प्रेरणा देना, एक ओर ऐसा लगता है जैसे कोई, गाँधी-युग की समाजसेविका लोगों के बीच बैठकर उन्हें गरीबी से उबारने के लिए गृह-उद्योग की शिक्षा दे रही हो, दूसरी ओर उस परिवेश में भी यह अस्वाभाविक नहीं लगता :

'सब ओर लाभ ही लाभ बोधि-विनिमय में
उत्साह मुझे है विविध वृत्त संचय में
तुम अर्द्ध नग्न क्यों रहो अशेष समय में
आओ हम कातें-बुनें गान की लय में।' (साकेत)

गुप्त जी का मार्ग क्योंकि स्थूल-वस्तु-व्यापार का था, इसलिए उनकी रचनाओं में बाह्य और परिवेशगत तर्कों का ऐसा समायोजन ज़रूरी था जिसमें, अतीत में वर्तमान की साकार प्रतीति संभव हो। संभवत: इसी से बचने के लिए आगामी कवियों ने अतीत का प्राय: प्रतीकात्मक और सांकेतिक इस्तेमाल किया है। लेकिन गुप्त जी तो ऐतिहासिक घटनाओं का इसलिए लौटकर आना मानते हैं कि वे यह परीक्षा लेने आती हैं कि हमने उनकी शिक्षा का पालन किया या नहीं :

'हमें ऐतिहासिक घटनाएँ
जो शिक्षा दे जाती हैं,

स्वयं परीक्षा लेने उसकी
लौट लौट कर आती हैं।' (साकेत)

इसका यह अर्थ नहीं है कि वे घटनाओं की ज्यों-की-त्यों वापसी पर भरोसा करते हैं। उनका अर्थ है कि इतिहास सिर्फ़ तात्विकता में ही अपने को नहीं दुहराता, वह रूप बदलकर कई बार ऐसे सजीव प्रसंगों में हमारे सामने आ जाता है, गोया अर्थ घटनात्मक होकर आ गया हो।

इसमें शक नहीं है कि कई जगह गुप्त जी ने पुरा कथाओं में ऐसी दुर्लभताएँ अन्वित करने की कोशिश की हैं, जिनकी गुंजाइश वहाँ नहीं थी। जनतंत्र के जिस अर्थ में स्वाधीनता-संघर्ष जारी था, उसके समान किसी संघर्ष को अतीत में पा सकना संभव नहीं था। लेकिन विभिन्न काव्यों में गुप्त जी ने सर्जनात्मक कौशल से, अतीत में भी उसके लिए अवसर निकाल लिये हैं और इस खूबी से कि वे वहाँ भी अनुचित या अटपटे नहीं लगते। पुरातन का गुण गानेवाली कृति 'भारत-भारती' में वे कहते हैं :

वर मंत्र जिसका मुक्ति था परतंत्र पीड़ित है वही,
फिर वह परम पुरुषार्थ उसमें शीघ्र ही प्रकटाइए।
यह पाप पूर्ण परावलंबन पूर्ण होकर दूर हो,
फिर स्वावलंबन का हमें प्रिय पुण्य पाठ पढ़ाइए॥

अध्यात्मक की 'मुक्ति' का सामयिक, स्थूल अर्थ में उपयोग इतना स्पष्ट था कि ऐसी पंक्तियों के आधार पर अनेक प्रांतों में भारत-भारती प्रतिबंधित हो गयी थी। स्वयं गुप्त जी ने अध्यात्म की 'मुक्ति' को भौतिक 'स्वतंत्रता' के समानांतर अर्थ में लिया है। 'गुरुकुल' में गुरु तेगबहादुर कहते हैं :

'बस स्वतंत्रता और मुक्ति भी
यहाँ वहाँ प्रभु के दो दान।'

पंचवटी में जनतंत्र की कोई मिथकीय संभावना न होने पर भी, कवि ने युक्तिपूर्वक इसका समावेश लक्ष्मण के विचार में करा दिया है। वे कहते हैं कि साकेत लौटने पर राज प्रजा के हित के लिए शासन सूत्र थामेंगे, यहाँ तक कि उसके लिए वे हम सबको भी भूल जायेंगे। पर समझ में नहीं आता कि नर लोक अपना हित 'आप क्यों नहीं कर सकता'। यानी उनके हित के लिए किसी राजा को उन पर शासन क्यों करना पड़े? जनता ही अपना 'हित' यानी शासन स्वयं क्यों नहीं कर लेती? ज़ाहिर है कि लक्ष्मण अप्रत्यक्ष रूप से जनता के लिए, जनता के द्वारा,

जनता के शासन की ओर इशारा करते हैं जो कतई असंगत नहीं लगता? 'साकेत' में बंदिनी सीता के प्रसंग में गुप्त जी की निम्नलिखित पंक्तियाँ इतनी सटीक हैं कि इन्हें सिर्फ़ रूपक न मानकर भारत की पराधीनता के विरुद्ध देश को जाग्रत करने का आह्वान करना चाहिए :

भारत-लक्ष्मी पड़ी राक्षसों के बंधन में
सिंधु-पार वह विलख रही है व्याकुल मन में

* * *

बंदीगृह में बाट जोहती खड़ी हुई है
व्याध-जाल में राज-हंसिनी पड़ी हुई है।

* * *

'पैर धरें इस पुण्य-भूमि पर पामर पापी
कुल लक्ष्मी का हरण करें वे सहज सुरापी।'

साकेत में ही जब वे दहाड़ते हैं :

'सजे सभी साकेत, बजे हाँ, जय का डंका।
रह न जाय अब कहीं, किसी रावण की लंका।'

'अपने' साकेत को युद्ध के लिए प्रस्तुत करते हुए भरत को क्या पड़ी थी कि वे 'सभी' साकेतों में जय का डंका बजवाते? एक रावण और उसकी लंका को विध्वंस करने का संकल्प ही उनका हो सकता था। 'कहीं' भी, 'किसी' भी रावण की लंका के ध्वंस के आह्वान का उनकी तात्कालिक प्रयोजनीयता से कोई संबंध नहीं था। यह अतीत में आधुनिक कवि का सार्थक हस्तक्षेप है, साथ ही भारत के उदात्त चरित में ऐसी क्रांतदर्शिता और विराट आक्रोश भी युक्तियुक्त है। रावण की लंका यहाँ अँग्रेज़ों के राज तक 'कहीं', 'किसी' रूप में आ गयी है जिसे वर्तमान जनता रूपी साकेत द्वारा प्रतिशक्ति के रूप में चुनौती देने का संकल्प झलकता है।

भारत-भारती गुप्त जी ने जन्माष्टमी के दिन पाठकों को भेंट की थी, इस अवसर का उन्होंने 'मुक्ति के आह्वान' के लिए कितनी खूबी से इस्तेमाल किया है। वे अपनी भूमिका में कहते हैं–प्रिय पाठकगण, आज जन्माष्टमी है। आज का दिन भारत के लिए गौरव का दिन है। आज ही हम भारतवासियों को यहाँ यह कहने का अवसर मिला था कि :

'जय जय स्वर्गागार सम, भारत-कारागार।
पुरुष-पुरातन का जहाँ, हुआ नया अवतार॥'

'कंस का कारागार', 'भारत-कारागार' यूँ ही नहीं बन गया है। मुक्ति के संदर्भ में, पराधीन भारत में जन्में तमाम संघर्षशील कृष्णों को पुकारते हुए उक्त प्रसंग को कवि ने, मुक्ति का पारंपरिक दस्तावेज बना दिया है। परिणाम की विज्ञता से, पराधीन भारत को कितने ऊर्जा मिली होगी? इस तरह मैथिलीशरण गुप्त ने राम और कृष्ण-कथा के जरिये, प्राचीन चरित्रों को 'पुराण-पुरुष' ही बने नहीं रहने दिया, बल्कि पराधीन भारत की जाग्रत औरत मुक्ति का भी संघर्षशील आत्मा का अंत: संचार बना दिया। ये कथाएँ संभवत: गुप्त जी ने इसलिए भी चुनी हैं कि इसमें विजय का पक्का वादा है। रावण पर राम की, कंस पर कृष्ण की विजय ध्रुव है। पराधीन भारत के लिए यह कितना बड़ा आश्वासन और ऐतिहासिक दाय था? 'प्रदक्षिणा' में मुनियों के यज्ञ-ध्वंस करने वाले राक्षसों का संहार करते हुए राम कहते हैं :

'मुझे आत्मरक्षा से पहले है स्वदेश रक्षा कर्तव्य'

यहाँ केवल 'स्वदेश' शब्द की उपस्थिति-भर से राम का पारंपरिक चरित्र पराधीन 'स्वदेश' की रक्षा के संकल्प में सहज ही संकलित हो जाता है। 'निर्बल के बल राम' तो सभी कहते हैं, गुप्त जी ने साकेत में उसे अधिक वर्गीकृत, स्पष्ट और लोकाभिमुख बनाया है :

मैं आया उनके हेतु जो कि तापित हैं
जो विवश, विकल, बलहीन दीन शापित हैं।

राम, सुख-शांति के लिए 'क्रांति' करने आये थे। गाँधी की 'क्रांति' का भी लक्ष्य यही था और क्रांतिकारियों की क्रांति का भी। क्योंकि वह डाकू-लुटेरों, आक्रामकों की क्रांति नहीं थी; जन-कल्याण और जन-मुक्ति के लिए संघर्ष था। 'कुणाल गीत' में जिसे गुप्त जी ने अँग्रेज़ों की जेल में लिखा था, ऐसे अवसर निकाल लिये गये हैं, जिनमें अंधा कुणाल बहुत कुछ कह जाता है। वह कहता है कि "'व्यापारिणी नियति', 'भ्रू विलास' लेकर प्रस्तुत है। लेकिन मैं इसके आगे दीन वचन नहीं कहूँगा। मैं इस अँधेरे और कीचड़-भरे समय को सहज ही पार कर जाऊँगा।" क्या वह 'व्यापारिणी नियति', व्यापार-व्यवसाय के बतौर भारत में घुस आये अर्थ-प्रधान अँग्रेज़ी शासन की ओर संकेत नहीं करती? 'अंधकार' और 'पंक' क्या पराधीनता का काल नहीं है? और नहीं है क्या वह आत्म-विश्वास, उस अंधे कर दिये भारत का जिसकी प्रज्ञादृष्टि जाग्रत है? 'जय भारत' और 'जयद्रथ वध' भी

गुप्त जी ने पारंपरिक वीरता, अन्याय के प्रतिकार और अवांछित को उतार फेंकने के आह्वान के रूप में लिखा है।

अपने-चुने अतीत में प्रासंगिकता का समावेश तो गुप्त जी की सामान्य विशेषता है ही; लेकिन उन्होंने कुछ ऐतिहासिक रचनाएँ युगीन परिप्रेक्ष्य को ध्यान में रखकर ही लिखी हैं। नारी को गौरव देने वाली कृतियों के अतिरिक्त तत्कालीन राष्ट्रीय समस्याओं ने उन्हें 'काबा और कर्बला', 'गुरुकुल' आदि रचनाओं के लिए प्रेरित किया। यदि हम इन रचनाओं का प्रकाशन काल देखें तो स्पष्ट हो जायेगा कि देश में सांप्रदायिकता और विघटन के ऐसे अवसर उपस्थित हो गये थे, जिसमें भावनात्मक ऐक्य के लिए अल्पसंख्यकों के धर्मों, विश्वासों और महापुरुषों के प्रति सम्मान और स्नेह प्रकट करना अनिवार्य था। उक्त काव्यों में गुप्त जी ने इसी कवि-कर्तव्य का पालन किया है। वे 'गुरुकुल' (1929) में कई जगह हिंदुओं और सिक्खों की अभिन्नता की चर्चा करते हैं और गुरुओं के चरित्र तथा ऐतिहासिकता से उसे प्रमाणित भी करते हैं, क्योंकि कुछ सिक्खों द्वारा सिक्ख समाज को हिंदुओं से पृथक करने की कोशिशें की जा रही थी। 'काबा और कर्बला' का लेखन कार्य (1943) भारत में हिंदू-मुस्लिम दंगों का काल है। इसके द्वारा गुप्त जी ने न केवल मुस्लिम धर्म के उच्च मूल्यों का उद्घाटन किया है, वरन अन्य जातियों और धर्मों के साथ उनके तादात्मय की ज़रूरत भी प्रकारांतर से प्रतिपादित की है। अकबर के चरित्रांकन में उन्होंने कितनी पावन प्रतीति के साथ लिखा है। (यद्यपि वहाँ इसका कोई प्रसंग नहीं था) :

'हिंदू मुस्लिम का मानस वह
मिलन-तीर्थ वह महा प्रवाह।'

स्वाधीनता-संघर्ष के दौर में सांप्रदायिक-संघर्ष के प्रति भारत की राजनीति अत्यधिक चिंतित थी। महाभारत पर आधारित गुप्त जी के काव्य में यह चिंता कई जगह प्रकट हुई है। इस पारंपरिक मिथक के जरिये हिंदू और मुसलमानों के झगड़ों को वे पांडव-कौरव की तरह भाई-भाई की लड़ाई मानते हैं। युधिष्ठिर, भीम से कौरवों के प्रति कटु होने पर 'जय भारत' में कहते हैं :

'जहाँ तक है आपस की आँच
वहाँ तक वे सौ हैं हम पाँच
किंतु यदि करें दूसरा जाँच
गिने तो हमें एक सौ पांच।' (वन-वैभव)

यह संघर्ष भीतर से देश को तोड़ रहा था और आज़ादी के मार्ग में अवरोध पैदा कर रहा था। चिंता का कारण यही था। आज भी 'गुरुकुल' और 'काबा और कर्बला' पुनः अत्यंत प्रासंगिक रचनाएँ हो गयी हैं क्योंकि हमारे समकालीन भारत में उग्र संप्रदायवाद के नृशंस पंजे दिनोंदिन फैल रहे हैं।

भारतीय संस्कृति का संदर्भ देते हुए गुप्त जी भारत की सहिष्णुता, उदारता या समन्वयात्मक स्वरूप का संकेत देते हैं। वे देश में एक साथ अनेक विचारों, धर्मों जातियों के स्वतंत्र सोच और विभिन्नता में एकता का दर्शन प्रतिपादित करते हैं। साकेत के राम का कहना है :

'मत की स्वतंत्रता विशेषता आर्यों की
निज मत के ही अनुसार क्रिया कार्यों की।'

'मंगल घट' में मातृभूमि की वंदना करते हुए वे कहते हैं कि माँ के लिए अपनी सब संतानें एक जैसी प्रिय हैं, अगर उनमें कोई भेद दिखायी देता है तो वह मातृभूमि ने नहीं, उनके अपने कर्मों ने उपजाया है :

तुझको सारे जीव एक से ही प्यारे हैं
कर्मों के फल मात्र यहाँ न्यारे न्यारे हैं।

गुप्त जी यहाँ मातृभूमि की समदर्शिता से मनुष्य के कर्मों को पृथक् करते हुए प्रकारांतर से उन्हें सुकर्म की ओर प्रेरित करते हैं। वे भाग्य की अपेक्षा विषमता के मूल में 'कर्मों' को मानते हुए, 'वर्ग-संघर्ष' के बदले आत्मोन्नति और कर्मण्यता का रास्ता दिखाते हैं। यहाँ भी संभवतः उनके भीतर गाँधीवादी चेतना काम कर रही है। गाँधी-युग की प्रायः सभी गतिविधियाँ और विचार गुप्त जी ऐतिहासिक काव्यों में किसी-न-किसी तरह शामिल हो गये हैं। अहिंसा गाँधी का चरम दर्शन था। 'काबा और कर्बला' में गुप्त जी लिखते हैं :

'कर सकती संस्कार नहीं असि
किया करे संहार भले।'

संस्कार तो मन की करुणा और अहिंसा ही कर सकती है, तलवार या हिंसा, मात्र संहार कर सकती है, उससे मानवता न सीख सकती है न संवर सकती है। गाँधीवाद की सीख है कि 'पाप से घृणा करो, पापी से नहीं।' संभवतः इसका कारण है कि पाप और मनुष्य सहजात नहीं हैं और मनुष्य में सुधार और संवर्धन की संभावना से इनकार नहीं किया जा सकता। 'अनघ' में कहा गया है :

'पापी का उपकार करो हाँ,
पापों का प्रतिकार करो।'

गाँधी, चाणक्य की तरह केवल सिद्धिकामी नहीं थे, वे ऐसे राजनेता थे जिन्हें साधन की शुद्धता के बिना कोई सिद्धि मंजूर न थी। 'जय भारत' में गुप्त जी कहते हैं :

'सिद्ध नहीं होता शुद्ध साधन से साध्य जो
उसकी विशुद्धता भी शंकनीय होती है।'

ईसाईयों का आत्म-संताप या पाप-स्वीकार भी गाँधी के यहाँ आत्म-शुद्धि के उपाय के रूप में स्वीकृत है :

पाप रहित संताप जहाँ
आत्म-शुद्धि है आप वहाँ। (साकेत)

दूसरों के लिए कष्ट उठाना, इस तरह अपने को लोक को दे देना, गाँधी के आत्मसमर्पण की बानक थी। साकेत में ही :

'गौरव क्या है जन-भारत वहन करना ही
सुख क्या है बढ़कर दु:ख सहन करना ही।'

गरिमा; स्वार्थ में नहीं, परमार्थ में है, लोक के लिए दु:ख सहन करना ही सच्चा सुख है क्योंकि इस तरह व्यक्ति अपने आयामों का विस्तार करता है। इसके लिए ज़रूरी है दृढ़ प्रत्यय; क्योंकि उसके बिना आत्मार्पण, नहीं हो सकता–'दृढ़ प्रत्यय के बिना/यह आत्मार्पण दिखता नहीं।' (साकेत) 'आत्मा की आवाज़' गाँधी के लिए 'राजनीतिक छल' नहीं, मनुष्यता का श्रेष्ठ उद्घोष थी, सत्य का मानदंड थी और संपूर्ण भ्रांतियों के लिए प्रकाश-स्तंभ थी। इस दृष्टि ने मनुष्यता के श्रेष्ठ, विवेकसंगत मूल्यों, आत्मगौरव और आत्म-निरीक्षण को प्रधानता दी। न सिर्फ़ पंचवटी में प्राचीन मतों और क्रियाओं के उत्तर में अंत:करण की आवाज़ को आचरणों का निर्धारक माना गया, वरन अपने अनेक ग्रंथों में गुप्त जी ने उसे, अप्रासंगिक आचारों, पूर्व मान्यताओं, रूढ़ियों और वर्तमान दिग्भ्रमों के मामले में निर्णायक माना। काबा और कर्बला में कहा गया है :

जा हो, तब तक यहाँ एक पथ कैसे चुन लूँ
आत्मा का आदेश नहीं जब तक मैं सुन लूँ। (हुसैन का कथन)

सबकी मंगल कामना गाँधी और गुप्त दोनों के सर्जनात्मक मन की ऐसी आकांक्षा थी, जिसमें पारंपरिक औदार्य और करुणा का प्रवाह था। जय भारत में गुप्त जी कहते हैं :

'सब सुख भोगें, सब रोग रहित हों
सब सुख पावें न हो दुःखी कहीं कोई भी।'

कुणाल अपने को बहुजन हिताय अर्पित करने की उत्कटता से भरा है :

'अर्पित हो मेरा मनुज काय
बहुजन सुखाय बहुजन हिताय।'

अतीत की पुनर्रचना मैथिलीशरण गुप्त के लिए अतीत का पुनरावलोकन या विकृति दर्शन न होकर, उन्हीं तत्त्वों की खोज है, जिससे आधुनिक समय में बहुजन के हित और सुख की संभावना जुटाई जा सके। ऐसी ही फूलों और खीलों से भरी काव्य-यात्रा गुप्त जी की काव्य-यात्रा है—मनुष्य के वर्तमान और भविष्य को सत्य, शिव, सुंदर, श्री और गरिमा के लिए अपने को देती हुई।

पंचवटी : गुप्त जी की सर्वश्रेष्ठ कृति

'साकेत', 'भारत-भारती', 'यशोधरा', 'जय भारत' आदि के महत्त्व से अविरोधी होती हुई भी 'पंचवटी' गुप्त साहित्य में, तुलसी की 'विनय पत्रिका' की भाँति अपनी विशिष्ट दीप्ति रखती है। अकेली यही कृति है जहाँ मैथिलीशरण गुप्त संपूर्ण कवि हैं।

इतिवृत्तात्मकता मैथिलीशरण गुप्त की वह ऐतिहासिक नियति थी, जिसे आत्माहुति के स्तर पर उन्होंने कर्तव्य-कर्म की तरह झेला था। (उनके भाषिक और कथ्यपरक अवदान को छोटा करके देखना कृतघ्नता होगी)। उड़ान भरने के पहले जैसे पक्षी को ठोस जमीन की ज़रूरत होती है, वैसे ही आगामी कविता को गुप्त जी जैसे कवियों द्वारा निर्मित भाषा और कथ्य का दृढ़ आधार चाहिए था। लोक के लिए सगुण की अवतारणा-भूमि पर स्वयं भी उतरने के बावजूद जैसे विनय और रहस्य के इंगित तुलसी को आकर्षित करते रहे या उनकी मूल चेतना ने ही अपनी आहुति देकर 'मानस' का गोचर व्यापार रचा; ठीक वैसे ही गुप्त जी ने भी यदि कवित्व की आकांक्षा को सूली पर चढ़ा कर, समय की तात्कालिक आवश्यकता के अनुरूप, पृथुल इतिवृत्तात्मक काव्यों की रचना की हो तो कोई विस्मय नहीं होना चाहिए। क्योंकि पंचवटी जैसी कृति उनकी स्वच्छंद और महीन काव्यचेतना का सांकेतिक पद-चिह्न है। जिसमें इतिवृत्तात्मकता, वर्णन बहुलता, स्थूल आदर्शवादिता, भाषा का क्लिष्ट या सपाट ताना-बाना, प्रत्यक्ष क्रिया-व्यापार बहुत कुछ अदृश्य या ज़रूरत भर को रह गया है। यहाँ उनका कवित्व जिस तरह प्रसन्न चंचल और संसिक्त है, उससे उनके मूल रुझानों को समझने में कोई कठिनाई नहीं होनी चाहिए।

प्रसंगांतर होने पर भी यह कहना ज़रूरी है कि ऊपर जो 'आहुति' आदि की चर्चा की गयी है, उससे यह नहीं समझा जाना चाहिए कि ये सब विवशतापूर्वक ओढ़ी हुई प्रवृत्तियाँ हैं। वस्तुतः हम अपने जीवन या साहित्य के लिए जो आदर्श

निर्धारित करते हैं–आहुत तो हम वहीं हो जाते हैं। उनके अनुरूप स्वयं हमारा व्यक्तित्व एक खास रंग में रंगता और रूप में ढलता है, तदनुसार कृतित्व रूप लेता जाता है और हम सहज अभ्यस्त-से उस दिशा की ओर चल पड़ते हैं जो हमने निर्धारित की है। इसलिए तुलसी की राम-भक्ति और गुप्त जी की इतिवृत्तात्मकता या आदर्शवाद को ओढ़ा हुआ या विवश आग्रह न मान कर आत्मा के अनुरूप रचाव का प्रतिफलन मानना चाहिए। लेकिन जैसे गंभीर व्यक्ति भी जब खिलखिलाता है, तब उसके अभ्यस्त स्वभाव से अनुशासित मन, कुछ देर के लिए खुल कर अपनी अंतःसत्ता को निरावृत्त कर देता है, ठीक वैसे ही जब भी सृजनात्मा थोड़ी देर के लिए ही सही, आत्मानुशासन से मुक्त होती है तब वह अपने असली रूप-रंग-आकांक्षा में व्यक्त हो जाती है। लेकिन किसी भी दिशा में वे आदर्श और अभ्यस्तताएँ छूटती नहीं है, जो आत्म-संस्कार से बनी हुई हैं। हाँ, वे भी स्वरूप बदलकर सृजनोत्सव में कुछ अलग तरह से विन्यस्त हो जाती हैं। इसीलिए ऐसी रचनाएँ जहाँ रचनाकार की निरावृत्त आत्मा का संगीत होती हैं वही उसके मानस-आदर्शों के प्रति सृजनार्थ में प्रतिश्रुत भी।

हम जानते हैं कि गुप्त जी के काव्य पर तरह-तरह के बोझ हैं–कहीं पारंपरिक आदर्शों का, कही वर्णन बहुल कथात्मकता का, कहीं क्लिष्ट सामाजिक पदावली का, कहीं तुकों का तो कही छंदों का। ऐसे बाहरी दबावों के कारण उनकी कविता अक्सर सपाट और अकाव्यात्मक हो जाती है। रचना के स्तर पर यह आत्मबंधन और आत्म-संयम की पराकाष्ठा है। यह अचरज का विषय हो सकता है कि पंचवटी ऐसे दबावों से कैसे मुक्त रह सकी? और वह मुक्त है इसका तो यही प्रमाण है कि गुप्त जी के उत्कृष्ट काव्य-गुणों का उसमें समाहार हुआ है और वह निरभ्र और प्रसन्न काव्य का रूप ले सकी है।

सहज-सरल-सी दिखने वाली 'पंचवटी' की रचना करते हुए गुप्त जी को संभवतः अभ्यस्त स्वभाव से संघर्ष करना पड़ा होगा, जबकि इस संघर्ष के निशान रचना में मौजूद नहीं हैं। क्योंकि रचनात्मकता के अजस्त्र प्रवाह में समस्त प्रक्रियाएँ कृति का अंतर्भाग हो जाती हैं। नतीजे में जहाँ-जहाँ इतिवृत्त में उतरने के क्षण आते हैं या शुष्क आदर्शवादिता हावी होती है, या प्रसंग के ठहर कर जम जाने के आसार होते हैं, कवित्व अपनी सहज चेतना से दृश्यांतर या प्रसंगांतर उपस्थित कर देता है।

उदाहरण के लिए वीरान रात, प्रकृति का ज्योत्सना-परिवेश, एकाकी लक्ष्मण कुटी की रक्षा में सन्नद्ध! ऐसे में अतीत के मानस-दृश्यों में खो जाना स्वाभाविक है। स्वप्न-सरणि चल रही है। वन के सुख को वनवास के लिए दंडित किये जाने की

भावना से तौलते हुए, राज भवन की अपेक्षा प्रकृति की गोद को वरीयता देते हुए, लक्ष्मण अतीत में उतर जाते हैं। भरत और कैकेयी की कड़ी में उर्मिला का जुड़ना बहुत स्वाभाविक था, और उसके जुड़ते ही अनुताप, करुणा, औचित्य के तर्क, आदर्श आदि का दौर स्वाभाविक था। तब निश्चय ही कविता प्रलाप या व्याख्यान से बोझिल हो जाती। लेकिन सृजन-प्रज्ञा ने ठीक मौके पर प्रकृति के रंगमंच पर एक अत्यंत रोचक और मनोहर नारी अवतीर्ण करा दी। (उर्मिला की याद के एकांत क्षणों में किसी सुंदरी की उपस्थिति कितनी व्यंजक है, इसकी चर्चा बाद में करूँगा। यहाँ काव्यत्व की सक्रियता तक सीमित रहना पर्याप्त होगा)। पुनः काव्य-सरणि प्रवाहित हो जाती है। लक्ष्मण-शूर्पणखा के परिचय और रोचक संवादों के दौर में भी जब बातचीत के कुंद हो जाने का खतरा पैदा हो जाता है; तर्क-वितर्क, व्यंग्य, क्रीड़ा वगैरह खत्म होकर लक्ष्मण की खीज, भर्त्सना, उपदेशपरक-व्याख्यान, एकनिष्ठ प्रेम की महत्ता के बखान आदि से काव्य के कुंठित होने की संभावना बढ़ती हुई प्रतीत होती है तभी उषा के साथ सीता का अभ्युदय हो जाता है। यही क्रम बाद में भी जारी रहता है। इस तरह काव्य को आद्यंत जारी रख सकना गुप्त जी की किसी दूसरी कृति में प्रायः संभव नहीं हुआ। अन्यत्र तो कई बार जमीन पर नाव घसीटने जैसा अहसास होता है।

गुप्त जी भारतीय संस्कृति के वैतालिक-निस्संदेह हैं। लेकिन संस्कृति के प्रवक्ता के रूप में वे आमतौर पर इतने गद्यपरक हो उठते हैं कि कविता से संस्कृति की निर्झरिणी नहीं फूटती। पाठक को उसका वहन करते हुए श्रमसाध्य यात्रा का अनुभव होता है। पंचवटी में सांस्कृतिक मूल्य, सूक्तिमत्ता, आदर्शवादिता वगैरह तरल स्निग्धता के कारण न तो रचना से अलग-थलग पड़ी हैं, और न रचना को शुष्क बनने देती है। वह मनोवैज्ञानिक, प्रासंगिक और काव्यात्मक उपादानों से संशिलष्ट है—क्योंकि वस्तुपरक न रहकर अनुभूतिपरक हो गयी है। पंचवटी जैसी प्रबल प्रश्नात्मकता गुप्त जी की शायद ही किसी अन्य रचना में हो। प्रश्नों से अभिव्यक्ति में एक तराश पैदा हो जाती है, इसमें संदेह नहीं। पात्रों के अंतर्द्वंद्व, चेतना, विस्मय, क्षोभ, विद्रोह में ढली होने से सूक्तियाँ और मूल्यपरकता केवल वक्तव्य न रह कर, जीवंत अनुभवों से सिक्त हो गयी है। मसलन जब शूर्पणखा के विवाह-प्रस्ताव के उत्तर में अत्यंत उद्विग्न होकर लक्ष्मण कहते हैं—'पाप शांत हो। पाप शांत हो! कि मैं विवाहित हूँ बाले।'—तो उनके उद्वेग को नज़रअंदाज करती हुई वह एक स्वाभाविक प्रश्न पर बैठती है, 'तो क्या पुरुष नहीं होते हैं/दो-दो दाराओं वाले?' यह प्रश्न केवल तात्कालिक कारण से नहीं, अपनी और पूरे खानदान की त्रासदी के स्मरण से लक्ष्मण

को हिला देता है। उनका क्षोभ गायब हो जाता है। वे अपने में ही गहरे डूबे हुए से शूर्पणखा से कहते हैं :

'बहु विवाह, विभ्राट क्या कहूँ,
भद्रे मुझको क्षमा करो!'

राम-कथा का पाठक लक्ष्मण के इस आत्म-संताप का दर्द, भीतर तक महसूस कर सकता है। 'विभ्राट', 'क्या कहूँ', 'क्षमा करो' जैसे सादे संक्षिप्त शब्द अंतःस्पर्शी व्यंजक अर्थों को साधे हुए हैं। 'क्या कहूँ' में छिपा लज्जाजनक अर्थ, 'क्षमा करो' की आत्मग्लानि, 'विभ्राट' में निहित विसंगत त्रासद कथा कितने विदग्ध अनुभवों की अंतर्यात्रा करा देती है? यहाँ गुप्त के चिरपरिचित ब्योरे, स्पष्टीकरण, स्यापा, भाषिक स्थूलता वगैरह कुछ भी नहीं है। ...और अगर यह सब होता, तो कविता कहाँ रहती...? पंचवटी में कई जगह थोड़े से शब्दों के दोहरे कथ्य निस्संदेह कवि की विदग्धता सूचित करते हैं। यथा–पर-नारी से अपनी ओर से न बोलने का तर्क कि उससे 'पुरुषों की स्वधर्मपरता छिन जाती' स्पष्टीकरण भर नहीं है, शूर्पणखा की निर्लज्जता पर व्यंग्य है। प्रजा के लिए राम द्वारा 'राज्य-भार' उठाने की बात भी मात्र आदर्शवादी कथन नहीं है, बल्कि इसे अधिकार और वैभव समझकर, (अपने स्वार्थ के लिए) उनसे वह सब छीन लेने वालों की संकीर्णता और ना-समझी पर व्यंग्य है। भोग से अधिक त्याग की महत्ता देने वाली भारतीय संस्कृति, लक्ष्मण के केवल इस तर्क से ही प्रमाणित हो जाती है कि, 'अगर राजस्व प्राप्ति ही जीवन का लक्ष्य होता है तो हमारे पूर्वज उसे छोड़कर वन का मार्ग क्यों लेते?' 'आश्रम के धर्मक्षय से पाप होता है'–यह शूर्पणखा से कहला कर, इस कथन को कितनी वक्रता दे दी गयी है? लक्ष्मण-शूर्पणखा संवाद में 'कुल-शील' शब्द की पुनरावृत्ति से वस्तुतः मानवीय और रक्षा-संस्कृति का अंतर प्रकट किया गया है। दोनों पात्रों द्वारा इसके प्रयोग और अर्थ में भी वक्रता है। इसी संदर्भ में ब्याज से असुर और देव (या मानव)–विवाह का संकेत भी असुर-संस्कृति की तुलना में मानव-संस्कृति की श्रेष्ठता का प्रतिपादन है। जब शूर्पणखा कहती है कि, 'मुझमें वह शक्ति है कि मैं जो भी चाहूँ उसे पा सकती हूँ। तुम्हें झक मारकर मुझ पर अनुरक्ति करनी होगी।' तो एक तरह से वह अपहरणवाली असुर-पद्धति का (स्त्री होकर भी) बखान करती है। इस समय राम; क्रोध प्रकट करने की अपेक्षा बड़ी निरीता से कहते हैं :

'किंतु प्राणियों के स्वभाव की,
होती है ऐसी ही रीति,

परवशता हो सकती है पर
होती नहीं भीति में प्रीति।'

'किंतु' और 'प्राणी' भेद-सूचक शब्द हैं। साथ ही इस कथन ने विवाह और प्रेम के अन्योन्याश्रित संबंध की भी व्यंजना हो गयी है।

स्पष्ट है कि पंचवटी में सांस्कृतिक तत्त्व के अंतरंग भाग होकर आये हैं और उसकी श्री-वृद्धि करते हैं। गतिशील रचना-मानस राग-द्वेष से तटस्थ या निरपेक्ष होता है। उसकी क्रांतदर्शी और आलोचनात्मक शक्तियाँ प्रखर हो जाती हैं। यहाँ तक कि कई बार कवि को भी ऐसी रचना पर विस्मय हो सकता है। शूर्पणखा द्वारा 'नरकृत शास्त्रों' की आलोचना कितनी गहरी काव्यात्मक अर्थवत्ता रखती है, इसका अनुमान तो सृजन के क्षणों में स्वयं रचनाकार को भी नहीं हुआ होगा। क्योंकि तीव्र सर्जनात्मक क्षणों में लेखक के द्वारा ही नहीं, लेखक के बावजूद भी रचना हो जाती है, यह कथन इसका प्रमाण है :

'नरकृत शास्त्रों के सब बंधन
हैं नारी ही को लेकर!
अपने लिए सभी सुविधाएँ
पहले ही कर बैठे नर!'

जिसके लिए आचार-विचार बेमानी हैं, वह दानवी मानव-संहिता पर व्यंग्य कर रही है! यानी पुरुषों ने अपने लिए सुविधाओं का शास्त्र बनाकर स्त्री के लिए जो बंधन रचे हैं, वे न सिर्फ़ मानवीय दृष्टि से, बल्कि दानवीय दृष्टि में भी अन्यायपूर्ण हैं। ज़ाहिर है कि यह आक्रमण कवि-मन के कितने दुर्दम्य आक्रोश की परिणति होगा? (इस प्रसंग का एक और भी नाजुक पक्ष है जिसकी चर्चा भी बाद में की जायेगी)।

पंचवटी में आलोचना के अनेक तेवर हैं। कहीं व्यंग्य, कहीं हास्य, कहीं खीज, कहीं प्रेम, कहीं भोलापन तो कहीं अन्य पद्धति से कवि अपनी प्रतिक्रिया व्यक्त कर देता है। उपालंभ के जरिये अनुचित कर्म पर सटीक चोट का एक उदाहरण देकर यह बात खत्म करूँगा। जब लक्ष्मण अपने पुरुषार्थ का बखान करते हैं तो सीता उसके उसी शब्द का इस्तेमाल करते हुए कहती है :

'रहो रहो पुरुषार्थ यही है, -
पत्नी तक न साथ लाये!'

यहाँ, उपालंभ के पीछे कितना तीखा व्यंग्य, और विनोद के पीछे स्त्री के प्रति कितनी करुणा है?

केवल मार्मिक प्रसंगों या भावों की ही नहीं, मनुष्य के व्यक्तित्व में गंसी किसी बारीक-सी फाँस, या किसी सूक्ष्म-कोमल संवेदन-तंतु की पहचान भी कवि की प्रातिभ शक्तियों में होती है। यह किसी दैव में छिपे अदृश्य मनुष्य या पशु को अथवा दानव में दबी मनुष्यता को छू लेती है। सीता के निष्काम समर्पण और निर्ग्रंथ त्याग से कौन अपरिचित है? लेकिन एक सामान्य नारी का मन भी उसमें है। जब गुप्त जी ने निम्नांकित पंक्तियाँ लिखी होंगी तब उन्हें भी यह हलका-सा उपालंभ लगा होगा, लेकिन उनके कवित्व ने उसमें जिस सत्य का अनायास उद्‌घाटन कर दिया है उससे प्रकट होता है कि गुप्त जी के मर्यादावादी भक्त से उनका 'कवि' यहाँ अधिक मुखर और सक्रिय है :

'तुम सबका स्वभाव ऐसा ही,
निश्चल और निराला है
और नहीं तो आयी लक्ष्मी
कौन छोड़ने वाला है?'

कालिदास ने सामान्य मनुष्य के बारे में कहा है कि किसी व्यक्ति के चाहने पर लक्ष्मी चाहे तो उसे मिले या न मिले, लेकिन लक्ष्मी जिसे चाहे वह उसे न मिले ऐसा नहीं हो सकता—'लभेत वा प्रार्थित वा न वा श्रिया, श्रिया दुरापः कथमीप्सितो भवेत्'। लक्ष्मण की आड़ में, सीता इसी लोक-सामान्य स्वभाव के परित्याग की ज़िद का आरोप एक तरह से राम पर ही लगा रही है। इस उपालंभ से यह अनायास प्रकट हो जाता है कि राज्य-त्याग की कैसी गहरी चुभन उनके मन में है? सीता ने अपनी शालीनता के अनुरूप, कथन का सामान्यीकरण भले ही कर दिया हो, मगर उनकी सहज मानवीय चुभन को यहाँ पहचाना जा सकता है। और यह बहुत महत्त्वपूर्ण है कि सीता के भीतर की सामान्य नारी का दंश गुप्त जी जैसा कवि पहचान सका। इसी तरह, पहले उद्‌धृत वह प्रसंग जहाँ शूर्पणखा नारी के प्रति अन्याय करने के संदर्भ में 'नरकृत शास्त्रों' की आलोचना करती है, यह प्रकट करता है कि एक दानवी के भीतर भी स्त्री के मौलिक संवेदन को कवि की अंतर्दृष्टि ने पहचाना है। यहाँ तक कि असादृश्यों (कंट्रास्ट) की जानी हुई परिभाषा भी यहाँ सतह पर ही छूट गयी है। स्त्री चाहे देवी हो या दानवी अतत: और मूलत: वह नारी है, यह गुप्त जी के अवचेतन की धारणा नहीं है, सचेत अवधारणा है। इसका प्रमाण हमें

जय भारत में हिडिंबा के इस कथन से मिलता है : 'होकर मैं राक्षसी भी अंत में तो नारी हूँ/जन्म से मैं जो भी हूँ जाति से तुम्हारी हूँ।'

परीक्षा की कठिनता चुनौती की कठोरता से आँकी जाती है। कितनी दुस्सह परीक्षा में लक्ष्मण उत्तीर्ण हुए हैं, इसकी गवाही पंचवटी का एकांत रात ही दे सकती है! बासंती हवा में कली का खिलना और हवा चलने पर आग का लहकना प्रकृति का विधान है। लक्ष्मण का व्यक्तित्व प्रकृति के इस विधान को ही चुनौती देने के लिए पंचवटी की इस उत्तेजक रात में खड़ा और अड़ा प्रतीत होता है। चाँदनी रात के उस परिवेश में जिसमें उद्दीपन का सारा सरंजाम है, वर्षों के अंतराल में पीछे छूटी वियोगिनी पत्नी लक्ष्मण को याद हो जाती है। तभी, ऐसे मौके पर, एक अनिर्वचनीय सुंदरी प्रकट होती है—उत्तेजना के सारे उपादानों के साथ, प्रणय की मनुहार करती हुई! पारंपरिक राम-कथा में लक्ष्मण को तो करना वही था-जो उन्होंने किया, सवाल यह है कि इस क्रिया-व्यापार को रचनाकार ने कितनी सार्थकता दी और किन उपादानों से? परीक्षा के लिए गुप्त जी ने जो भूमिका तैयार की है और आगे भी उसका जिस तरह तार्किक और भावात्मक विकास किया है उसी से उनके कवित्व का परीक्षण भी हो जाता है।

पंचवटी भावों और चरित्रों की क्रीड़ा-भूमि है। राम-लक्षमण और सीता के विदित चरित्रों के बावजूद नाटकीय लीला आयोजित कर कवि ने उनके पारस्परिक विश्वास को एक सार्थक काव्यमयी हैसियत दी है। विवाह के लिए सीता का लक्ष्मण को मनाना, फिर शूर्पणखा का राम के आगे भी विवाह प्रस्ताव रखना, दोनों भाइयों का शूर्पणखा के साथ गेंद की तरह खेलना—सब कुछ राम-कथा के प्रचलित आदर्शवाद और स्वयं गुप्त जी के आदर्शानुकूल नहीं था। लेकिन एक-दूसरे को समझते हुए राम-लक्षमण-सीता जिस गंभीरता का अभिनय कर रहे हैं उसमें उनके व्यक्तित्वों को आँच नहीं आती, बल्कि शूर्पणखा की ही खिल्ली उड़ती है। गुप्त जी शायद ऐसा इसलिए कर सके कि कामुक दानवी शूर्पणखा ही मायाविनी नहीं है, वे लोग भी माया रच सकते हैं जो माया को पहचान गये हैं। झूठ को काटने के लिए झूठ नाटक करना, झूठ नहीं, खेल है। ज़ाहिर है कि मैथिलीशरण गुप्त का कवि इस रचना में कितना स्वच्छंद और उत्फुल्ल है। ऐसा कौतुक उसने हिडिंबा और भीम के प्रसंग में नहीं किया। इंद्र पद पाये हुए इंद्राणी के लोभी नहुष के संदर्भ में भी उसने कोई क्रीड़ा भाव नहीं जताया। ऐसा नहीं है कि पंचवटी का क्रीड़ा-कौतुक बिना आस्था-संकेत के ही चलाया जा रहा था। सीता ने पहली बार उपस्थित होते ही पूछा था—'कब से चलता है बोला यह/नूतन शुकरंभा संवाद?' इस पौराणिक

कथा की परिणति सभी जानते हैं; और सीता भी परिणाम के बारे में पूरी तरह आश्वस्त होकर ही कह रही हैं–इसलिए यहाँ विनोद भरपूर उभर आया है। शूर्पणखा द्वारा राम के सम्मुख विवाह का प्रस्ताव रखने पर पुनः सीता का यह तेवर देखने लायक है–'मुसकाई मिथिलेशनंदिनी, /प्रथम देवरानी फिर सौत।' अगर सीता को राम पर जरा भी शक होता तो वह मुसकाती अथवा रुआँसी होती? स्पष्ट ही क्रीड़ा की समूची स्थितियों को कलाकार की सजगता से गुप्त जी ने पंचवटी में रचा है।

अतीत-कथा लिखते हुए युग-बोध की साक्षात्कारी चेतना गुप्त जी की सामान्य विशेषता रही है। परंतु यह बोध सर्वत्र उनकी रचनाओं में विन्यस्त नहीं हुआ है। कहीं-कहीं ऐसा लगता है, जैसे कुर्त्ता पाजामा पर हेट लगा दिया गया हो। परंतु पंचवटी में ऐसी अस्वाभाविकता नहीं है। गाँधी-युग की समवायी झलक पंचवटी की विशेषता है। स्वावलंबन, दलितोत्थान, अहिंसा-करुणा–यहाँ तक कि स्वाधीनता की वकालत, तक इस काव्य में रचना का अंतरंग भाग है। लक्ष्मण कहते हैं कि राम प्रजा के लिए ही राज्य धारण करेंगे, हम सबको भी भूल जायेंगे। फिर भी लोकोपकार का विचार करके हमें सोच इसका नहीं होगा, लेकिन :

'पर अपना हित आप नहीं क्या
कर सकता है यह नरलोक!'

जन-स्वाधीनता या स्वायत्तता की वकालत किस लाक्षणिक अंदाज में कर दी गयी है कि राजतंत्र के उस युग में भी यह कथन अप्रासंगिक या आरोपित नहीं लगता। तेरह वर्ष तक जंगली जातियों में बीच रहकर उनके प्रति प्रेम पैदा हो जाना अस्वाभाविक नहीं है। फिर गुह, निषाद शबरी आदि के प्रति राम का प्रेम परंपरा में भी कथित है। इस संदर्भ में लक्ष्मण का संभ्रांत समाज से असहमत होना स्वाभाविक लगता है :

'इन्हें समाज नीच कहता है,
पर ये भी तो हैं प्राणी।
इनमें भी मन और भाव हैं,
किंतु नहीं वैसी वाणी।'

गाँधी युग के दलितोत्थान से जुड़ती इस वाणी में कहीं काल-दोष नहीं दिखायी देता। वनवासिनी सीता का खुरपी लेकर खेती निराना या यह महसूस करना कि–'स्वावलंबन व्रत के अनुरूप होते हुए भी उन वनवासियों के लिए अप्रासंगिक नहीं है, जिनके पास दैनंदिन काम के लिए कोई नौकर-चाकर नहीं थे, जो स्वयं

अपने स्वामी और अपने दास थे। करुणा और प्रेम का फलक पंचवटी में कितना व्यापक है कि उसमें जंगलवासी ही नहीं, जंगली जीव, प्रकृति सभी की जगह है। पशुओं के प्रति संवेदना और स्नेह की यह पराकाष्ठा है :

'मैं मनुष्यता को सुरत्व की
जननी भी कह सकता हूँ।
किंतु पतित को पशु कहना भी
कभी नहीं सह सकता हूँ।'

इन पंक्तियों में काव्य विषयक विसंगति के बावजूद मुख्य रूप से उस अभिप्राय की ओर इशारा करना चाहता हूँ जिसमें पशुओं की सरलता का सम्मान है। प्रेम और करुणा की ऐसी अभिव्यक्तियों को गुप्त जी अहिंसा वगैरह की उस सामयिक भाषा से बचा ले गये हैं, जो होती तो काल-दोष आ जाता।

पंचवटी में काव्य-शिल्प के साथ नाट्य-शिल्प का भी मनोरम संगम है। मुझे लगता है कि यह स्वच्छंदता की चेतना के कारण हुआ है। क्योंकि गुप्त जी की स्वच्छंदता 'मैं' शैली की बजाय शायद संवाद की बहिर्मुखता में ही अंतर्स्पर्शी हो सकी थी। संभवत: उन्होंने अपनी संभावनाओं और सीमाओं को, इस कृति में भली-भाँति पहचान लिया था। आश्चर्यजनक रूप से छायावाद के एकमात्र प्रबंध काव्य कामायनी के प्रारंभ की शैली पंचवटी से मिलती है। छायावादी कवि ने जाने या अनजाने यदि पंचवटी से प्रेरणा ली होगी तो संभवत: उसकी स्वच्छंदतावादी (या छायावादी) प्रकृति के कारण ही। यह उल्लेखनीय है कि गुप्त जी यदि किसी एक कृति में छायावाद के सबसे अधिक गुण पूंजीभूत मिलते हैं तो वह पंचवटी ही है। ज़ाहिर है कि वह गुप्त जी का अग्रगामी काव्य है जो उस वक्त (1925 में) प्रकाशित हो गया था, जब छायावाद अपने प्रारंभिक दौर में था। बहरहाल, पंचवटी आद्योपांत न सिर्फ़ संवादों से बल्कि नाटकीय संवादों से परिपूर्ण है। 1024 पंक्तियों में लगभग 775 पंक्तियाँ संवाद हैं। न केवल संवाद बल्कि, जैसा कहा गया है, पात्रों के व्यक्तित्व भी नाटकीय हैं। इससे रचना में दोहरी नाटकीयता और रोचकता आ गयी है। पिछले दिनों भोपाल में कलागुरु शंकर होम्बल ने इसे अत्यंत आकर्षक नृत्य नाटिका के रूप में प्रस्तुत कर यह सिद्ध कर दिया कि इस रूप में रचना के अर्थ यदि पंखुरियों की तरह खुलते हैं तो उसका मौलिक स्वरूप क्या है? निश्चय ही दृश्य से काव्य का यह एकालाप पंचवटी की अतिरिक्त श्री का कारण है।

अक्लिष्ट और सरल प्रवाहपूर्ण भाषा (यद्यपि कहीं-कहीं वह अटपटी भी है) में लिखी इस कृति में कई जगह अंत:स्पर्शी व्यंजनाएँ हैं। बाहरी चमक-दमक और टीमटाम से अछूती वह कृति वर्षों से लोगों के मनों में बसी हुई है। विभिन्न प्रसंगों में पंचवट की जितनी पंक्तियाँ और सूक्तियाँ अनायास सुनने को मिलती हैं, उससे यह तथ्य प्रकट होता है। कुछ उदाहरण देना पर्याप्त होगा :

जितने कष्ट कंटकों में है,
जिनका जीवन सुमन खिला।
गौरव गंध उन्हें उतना ही
अत्र तत्र सर्वत्र मिला।

* * *

अपना अंतःकरण आप है,
आचारों का सुविचारी।

* * *

सुख में कभी न गर्वित होवें
और न दु:ख में होवें दीन।

* * *

स्वावलंब की एक झलक पर,
न्योछावर कुबेर का कोप।

इस विवेचन का यह अर्थ नहीं है कि पंचवटी एक निर्दोष रचना है। वस्तुत: इस आलेख का मुख्य प्रयोजन गुप्त जी के काव्य में पंचवटी की महत्त्वपूर्ण भूमिका की पहचान करना है।

❑❑❑

9789356821132
FCW - #0231 - 061026 - C0 - 197/127/6 - PB - 9789356821132 - Matt Lamination